小学館文庫

百年厨房

村崎なぎこ

小学館

目次

百年厨房

プロローグ

家の裏に、怪獣がいた。

塀の向こうにいるそいつは、デカかった。屋根よりも、ずっとずっと。ビビったけど、俺に背中を向けて丸まっていて、全然動かない。

俺と「じいちゃん」がいる庭は広くて、サッカー場みたい。だけど動物園の檻《おり》のような塀がぐるっと取り囲んでいて、怪獣のほかには空しか見えなかった。俺たち、怪獣につかまったのかな。キョロキョロ見回していると、じいちゃんが振り返った。

「登るぞ。ついてこい」

怪獣に登る！　思わず「うえっ」と声が出ちゃった。

「裏門から行くんだ」

じいちゃんはスタスタと歩いていく。怪獣もコワいけど、じいちゃんもコワそう。

叱られたくなくて、イヤだけどついていった。

怪獣の肌は、黒いウロコみたい。おととい、みんなとビデオで観《み》た映画に出てきたヤツに似てる。名前は「ゴジラ」だったっけ。

じいちゃんと「背骨」みたいなところを登っていった。足の裏に感じる怪獣の肌はザラザラ、ゴツゴツ。こいつ、地面から這《は》い出てきたのかな。背中のあちこちに土がいっぱいたまっていて、そこから木や草が生えてる。

背骨のほかにも、土がないところがあった。大きな滑り台みたいで面白そう。思いっきり飛び移ってみた。

「うわっ」

足がすべった。こんなにザラザラしてるのに!

前を歩くじいちゃんが振り返って叫ぶ。

「気ぃつけろ!　いいか、絶対に道を外れんなよ。ヤマは大谷《おおや》石でできてんだ。採掘用の深い穴が、あちこちに開いてんだぞ。山の神様、穴に落ちないようにお守りください、とお願いしながら登れ」

——神様なんて、いないもん。

なんて言ったら、怒られそう。でも神様なんて信じない。すべり落ちそうになったら、木にしがみついてやる。絶対、じいちゃんに助けてなんて言わない。

でも、わかった。これは怪獣じゃなくて、山なんだ。それも、石でできてる。この背骨みたいのが、じいちゃんが言う「道」だ。

息が苦しくなってきた。だって、体を動かすことなんて大嫌いだし。マリコ先生が、すぐ俺に言うことを思い出した。

「大輔《だいすけ》君は、アニメと漫画ばっかり。たまには外で遊びなさい。体、鍛えなきゃ」

ほっといてよ。ひとりで好きなことしたいんだから。なのに、なんでこんな目に遭わなきゃならないんだよ！

ツラい。いつまで登るんだ。もうイヤだ。

「ほら見ろ。空が近かんべ。もう頂上だ」

そう言うとじいちゃんは足を止め、振り返って俺の背中に手を回した。

ラジオ体操みたいに大きく息を吸って、じいちゃんの前に出る。

目の前が――俺のまわりが全部、青い空になった。俺とじいちゃんが立つ山のてっぺんには、木がない。だから、まわりがよく見えるんだ。ここ、結構広い。学校の教室くらいある。

とんがった背びれみたいに、高くなっているところがあった。てっぺんの端っこだ。そこに小さな家みたいのがある。

「あれは山の神の祠《ほこら》。ヤマなら、必ず祀《まつ》ってあるんだ」

神様には興味がないけど、しょうがなく祠に近づいた。足元に、風景が見えてくる。

「どうだ、大輔。ここが大谷。石の街だぞ！」

下を見て、ビビった。「ひえっ」と声が出る。

広い広い砂場。ううん、砂じゃなくて、石だ。俺、蟻《あり》になった気分。

「そこはな、露天掘りの採石場だ」

じっと見ていたら、吸い込まれそうな気持ちになった。コワくて、キョロキョロとまわりを見た。

砂場の先には、クリーム色に灰色が混じったような……ヘンな色の石山が、崖みたいに続いている。その山にへばりつくような、木の緑。そしてモンスターに変身しそうなヘンテコな形の岩。

違う風景を探して、俺は後ろを見た。広がる田んぼ、畑。そして家。川と道路が、一本ずつ仲良く並んで走ってる。

どこまでもどこまでも同じだ。それしか見えない。

じいちゃんは興奮したように、俺の背中を何度も叩《たた》いた。

「すごかんべ。陸の松島《まつしま》、関東の耶馬溪《やばけい》って言われるほどなんだぞ！」

「何これ。つまんない、何もないじゃん！」

欲しいのは、オモチャ屋さんと本屋さんだもん。

おっかなそうなじいちゃんは、意外にも怒らず、わははははと笑った。

「まだ子どもだからなぁ。人生にはな、見えない扉がいっぱいあんだ。スッと開くこともあるし、鍵がかかって開かない扉もある。その時は、諦めないで鍵を探しに行くんだ。そうやって大人になったら、大谷の良さも分かっぺ」

言っていることが、ぜんぜんわからない。

昭和六十年の五月。七歳の時の話だ。それから二十五年経《た》ち、俺はすっかり大人になった。

檻に見えた大谷石の塀から外の世界が見えるくらいに背は伸び、怪獣だと思った標高百六十九メートルの裏山も息を切らさず五分足らずで登れる。そこから毎日のように風景を眺めるが、口から出る言葉は同じだ。

「何もないな」

今も、大谷の良さは分からない――。

第一章　冷やしコーヒーをもう一度

俺の平穏な日々が破壊されたのは、真夏の日差しが照りつける日曜日の昼だった。

ジャージ姿の俺は縁側であぐらをかき、家の庭で行われているパフォーマンスを眺めていた。パフォーマーは篠原紫《しのはらゆかり》だ。

「はい、みんな〜。注目！」

彼女の能天気な声が、青空に響き渡った。

「ここが大谷石の産地、宇都宮《うつのみや》市大谷町です。建物のコンクリート化や数十年前の陥没事故の影響で大谷石の生産量はとても減り、今はむしろ観光地として有名です。JR宇都宮駅から車で三十分足らずで、こんな石の世界になるなんて驚きだよね。みんなは大谷石って知っているかな？　見たらすぐ分かります。なぜなら、そのへんの蔵や塀にたくさん使われているから。表面がザラザラした、緑がかった石ですよ。宇都宮のドライバーは車に大谷石の擦り傷の洗礼を受けて初めて、宇都宮市民に認定されるのです」

「ちょっと待て。学芸員が言っていい冗談じゃない。参加者が本気にしたらどうすんだ。冷や汗が出ちまった」

手の甲で汗を拭いて眼鏡をかけ直し、冷たい視線を送る。

俺より頭一つ高い長身、ベリーショートの髪、直線的な体つき。Tシャツにジーンズというラフなスタイルの篠原は、頭を横に振った。

「このくらいの『つかみ』がなきゃ。今度やるのは、子ども相手のフィールドワークだよ。『石の街・大谷を学ぼう』っていう真面目《まじめ》な内容なんだから。つかみの後は、みんなで『石山の歌』を歌うの。♪チャッキンコーン　チャッキンコーン♪」

ひどい音程だ。スタイルの良さと美貌があるのに、親が宝塚《たからづか》音楽学校へ進学させるのを断念した理由は歌唱力、という噂話《うわさ》を思い出した。もう耳が耐えられない。

「どうぞ持って帰ってくれ。この箱の中だ」

歌を遮ってそう言うと、傍らに置いてある大きな段ボールを指さした。

「リクエストは、『大谷石が手掘りの時代に使われて、子どもたちが触っても問題ない道具』だったよな。蔵から出しておいたぞ。カンテラ、コッパ箱、スミツボ、サシガネ……」

「サンキュー。お借りいたします！」

篠原は両手を合わせ、飛び上がった。

「ねぇ、蔵って、どの蔵？　さすがかつての石材商。あんなこんな石蔵がいっぱい」

キラキラではなくギラギラと輝く目で、大谷石の蔵が五棟点在する約三百坪の広大な庭を見回す姿に、「篠原伝説」を思い出した。

俺と同い年の彼女は、宇都宮市立郷土博物館の民俗担当学芸員だ。「古民具の調査に市内の豪農宅に行った時、当主が席を外した隙にあちこちの蔵に入り込み、家の人も存在を知らなかった美術品やら文化財やらを見つけ出した。『県指定級の文化財、多数発見』の見出しと共に、当主と篠原が肩を組んでピースサインをしている写真が地元紙の一面を飾った」という伝説だ。

他人に庭先に来られるのすらイヤなのに、勝手に蔵の中に入られてはたまらない。

「言わない。いつまでいるんだ。もう帰れ」

「言わないんじゃなくて、言えないんでしょ。この石庭《いしば》家の当主なのに、蔵の中身を把握してないから」

「蔵にはネズミがいるんだよ！　俺、大嫌いなんだ。それに、把握はしてる。鍵が行方不明の二棟以外は」

「鍵がないとは！　当主なのに管理がなってないね」

「当主への文句は、二代前の『じいちゃん』に言ってくれ」

背後の大座敷にある仏壇を指さした。

「鍵を無くした張本人だ」

位牌《いはい》と共にある三枚の写真は、俺が十五の時に交通事故で死んだオヤジとオフクロ、そして二十の時に老衰で死んだじいちゃんだ。

「ねぇ、お供えしている、あれは？　お仏飯《ぶっぱん》の右に水と並べて置いてある、牛乳瓶の黒い液体」

「冷やしコーヒーだんべよ」

その声は、俺じゃない。人をおちょくる、しゃがれた声の持ち主は──ただ一人。

「ヨシエ婆《ばあ》、覗《のぞ》き込むなよ！　危ないし」

隣の園田《そのだ》家とを隔てる大谷石の塀の上に、ヨシエ婆の顔が見えた。わざわざ脚立《きゃたつ》かハシゴに乗ったに違いない。もちろん、我が家に若い女性である篠原が来ているからだ。

「あら、ヨシエちゃん。今日も元気だね」

篠原が手を振ると、ヨシエ婆も「美人学芸員、また調査に来たのけ！」と振り返す。

「ううん。博物館のイベントで使う用具を借りに来ただけだよ。ねえ、ヨシエちゃんは冷やしコーヒーがお供えしてある理由を知ってるの？」

「大輔のじいちゃんは、冷やしコーヒーが大好きだったんだよぉ。じいちゃん、『俺が死んだら、仏前に水はいらねぇ。冷やしコーヒー供えろ。牛乳瓶に入れてな』とずっと言ってたんだぁ」

「さすがヨシエ婆。いつもウチを覗いているから、詳しいな」

イヤミなんぞ通じるワケもないが、言わずにはいられなかった。

篠原は腕組みし、感心したようにうなずいた。

「ちゃんと約束を守ってるんだから、夢に出てきて鍵の場所を教えてくれればいいのに。蔵の中、きっとタイムカプセル状態だよね。よし、石庭君。やっぱりあたしと結婚しよう。そしたら、この家はあたしのもの。鍵を見つけ出してみせる」

「なんでただの知り合いなのに結婚するんだよ。前から言ってるだろう!」

ヨシエ婆が誤解してはたまらない。即座に否定した。

俺たちは三年前、研修で行かされた県内市町若手職員交流会で知り合った。学芸員として宇都宮市に採用された篠原と、情報専門職員として隣の桜沼《さくらぬま》市に採用された俺。集団討論の自己紹介で、俺は大谷の旧家の当主で大正時代に建てられた家に住んでいるとしゃべってしまい、それ以来、篠原は調査名目で何度も押しかけてくるようになった(そして追い返される)。それだけの関係でしかない。

「ヨシエ婆。いい加減、他人《ひと》ん家《ち》に文字通り首を突っ込むの、やめてほしいんだけど」

意味深な笑みを浮かべて、ヨシエ婆の顔は塀から消えた。あの表情じゃ、絶対近所に言いふらすに違いない。俺の苦悩も知らず、篠原はひたすら蔵に見入っていた。

「あの蔵はカフェにしたら？　絶対、お客さんいっぱい来るよ」

「近所の爺《じい》さん婆さんのたまり場になる。話のネタなんか、近所の噂話ばかりだぞ。冗談じゃない」

「ああ、もったいない。結婚したら、あたしが心を込めて手入れするのに。ホコリだらけの立派な家も、サバンナのような草ボーボーの広い庭も、そして、あの――」

篠原は庭の西北を悔しそうに指さした。十五段の石階段――三メートルくらいの高さにある、小さな石祠《いしほこら》だ。

「お供え物が全然無い祠も。いいなぁ、自分の家に屋敷神がある。ご祭神は？」

「知らん。俺は無神論者だから興味ない」

「そんな人がこんな家に住むなんて罰当たりだよ。庭木もそう言ってる」

指さしながら、篠原は歌うように名前を挙げていった。

「梅、柿、花梨《かりん》、ザクロ、栗《くり》、そして、あれ」

屋敷神の脇に屹立《きつりつ》する木をじっと見つめ、篠原は首を横に振った。

「あんな立派な柚子《ゆず》の木。石庭君、柚子どころか、どの実も採ってないでしょ」

「料理なんかしねえもん。だから、いい加減もう帰れよ。もうすぐ客が……」

俺の声を遮り、甲高い声が響いた。

「きゃあああ」

女性の悲鳴だ。慌てて、周囲を見回した。

声は屋敷神の方向からだ。縁側にいる俺からは見えない。しかし、篠原の視界には入ったらしく、叫びながらダッシュした。

「祠の階段から、女の人が転がり落ちてくる！」

意外すぎて、思考が止まった。我に返り、サンダルをつっかけて飛び出した俺が目にしたのは、地面に倒れている女性を助け起こす篠原の姿だった。

「お嬢さん、大丈夫ですか。ケガは？」

篠原の腕の中で目を瞑《つぶ》って呻《うめ》く女性は、両腕で箱を大切そうに抱えたまま頭を何度か横に振った。

「無いと……思います……」

「石庭君、お客さんってこの人？」

「んなワケない」

呆《あき》れて、まだ目を閉じている女性に言った。

「何してんですか、他人ん家に入り込んで」

「入り込んで……？　だって私……」

　篠原は、まじまじと女性を見つめた。

「石庭君。今日さ、大谷でコスプレ大会あったっけ？」

「日本髪に着物にゲタで？　コスプレにしては地味だろ」

「物事は正確に！」

　女性を抱きかかえたまま、篠原は眉を吊《つ》り上げた。

「日本髪、じゃなくて銀杏返《いちょうがえ》し。着物、じゃなくて手毬《てまり》柄のガス大島《おおしま》！　帯は麻でお太鼓結び！　ゲタは雑木下駄《げた》っていうの！」

「そんなことはどうでもいいんだよ！　問題は、なぜここに……」

　コスプレ女性は二十代前半だろうか。何度か瞬きし、その大きな目を見開いた。そのまま硬直していたが、やがて、絞り出すように声を出した。

「あの……どちら様ですか」

「なんで、そっちが訊《き》くんです。ここは俺の家なんですけど」

「あ、あの、旦那様はどちらに」

「目の前にいます。俺が当主ですから」

「虎雄《とらお》様では……」

　その名前は。思わずつぶやいた。

「それは、俺のじいちゃんだ」

「……おじいさま？　虎雄様が？　私と同い年ですのに……」

女性は篠原の腕の中にいることにやっと気づき、慌てて身を離した。篠原は微笑《ほほえ》みながら、俺には聞かせたことのない優しい声を出した。

「無事で良かったね。いったい、どうしたんです？　お嬢さん」

地面の上でトンビ座りをしている女性は、目を白黒させて篠原を見る。ややあって、抱えていた箱を大切そうに持ち直した。

「お昼なので、バンバの事務所にいる虎雄様に冷やしコーヒーを持っていくところだったんです。お言いつけで、山の神と屋敷神にも……。先に屋敷神にお供えして、階段を下りようとしたら、地面が大きく揺れて……」

俺は息を呑《の》んだ。

朝昼晩とアイスコーヒーを欠かさず飲んでいたじいちゃんが、屋敷神の祠と、ヤマ——自宅の裏山でかつての採石場所——にある山の神の祠にもアイスコーヒーをお供えしていたのを、なぜ知っているんだ。

「あ、あなた……誰ですか」

「アヤです。こちらの女中の」

「石庭君、女中さん雇ってんの？　ゼイタクな」

「んなワケないだろ！　女中さんがいたなんて、じいちゃんが石材業やってた遠い昔だよ」

篠原は、アヤさんに向き直った。

「あたしは、篠原紫。色の『紫』と書いて、ゆかり。ゆかりんって呼んで。そこのうるさい男は石庭大輔で、本当に当主だよ。ところで、一つ質問させて」

アヤさんに近づいて、その大きな瞳をじっと見つめた。

「今日は、何年何月何日でしょう」

「大正十二年九月一日です」

何《なん》だ、そりゃ。

「頭打ったんだな。今日は平成二十二年八月一日です！」

「へいせい？　何ですか、へいせいって」

真面目に対応してるのが馬鹿らしくなり、ジャージのポケットにあった折り畳み式の携帯電話を開いた。

「警察を呼ぶ」

「ちょっと、乱暴じゃないの？　石庭君」

「どこがだよ。不法侵入して、意味不明なことを言っているんだぞ」

篠原は座り込み、アヤさんの両肩に手を置いた。

「もっと詳しく教えて。階段から落ちたのは何時何分だった？」

「何分までは分かりません。ドンは聞こえなかったから、正午にはまだ……」

勢いよく立ち上がった篠原の目は、血走っていた。

「分かった。その日その時間、関東大震災だ！　揺れが起きたの、お昼のチョイ前だったはず。屋敷神に冷やしコーヒーをお供えしようと階段を上がっていたアヤさんは、地震で階段を転がり落ち、その衝撃で――」

「衝撃で？」

「――タイムスリップしたのだ！」

「アホか」

「だって、『ドン』を知ってるんだよ」

何だそれ。ポカンとしていると、篠原が畳みかけてきた。

「昔、宇都宮に陸軍第十四師団があったでしょ、大正十一年から昭和七年まで、県庁裏の八幡山《はちまんやま》公園で大砲を使って正午を知らせたの。それが市民に『ドン』って言われてたんだ」

「そんなの、事前に調べられるだろ」

「証明してみせる。アヤさん、誕生日と干支《えと》、そして満年齢を教えて」

「明治三十三年十一月十四日、子《ね》年。満ですと二十二歳です」

「そうだな、俺も分かった。この人は、ディテールに凝るタイプのコスプレイヤーだ。細かく設定して、そう思い込んでいるだけ。だが残念だな、一つ設定に漏れがある」

「何が」

「ほら！　すらすらと」

俺は、両腕を組んで勝利宣言をした。

「全然訛《なま》ってない。当時、ここは『城山村《しろやま》』。バリバリの栃木弁のはずだ」

アヤさんは、首を横に細かく振った。

「私、ひと月前に東京から来ましたの。栃木で生まれ育ったんじゃないんです」

「そういう細かい設定なのは分かりました。さようなら」

「そんなこと言われましても、虎雄様に冷やしコーヒーを……」

「ねぇ、その箱ってなに？」

篠原は、アヤさんが抱えている箱を指さした。およそ三十センチメートル四方の木箱だ。

「氷箱です。冷やしコーヒーを持ち歩くために、虎雄様が特注なさって」

アヤさんは、ゆっくりと箱を開ける。

細かく砕かれた氷に包まれて、もったりとした形の牛乳瓶が二本入っていた。一本分の隙間は、『三本入っていたが一本は屋敷神に供えた』という彼女の言葉を裏付けるかのようだ。コルクで蓋がされた瓶は、褐色の液体で満たされている。

牛乳瓶に、コルク？　まさか――。

「すごい、大正時代のアイスコーヒーなんて！　飲んでいい？」

返事を聞く前に、篠原は牛乳瓶を取り出してコルクを外し、一口含んだ。その瞬間、切れ長の目が飛び出さんばかりに大きくなる。

「なにこれ！　澄んでいるけどまろやかで、爽やか！」

喉を鳴らしてイッキ飲みする篠原を眺めていると、記憶の奥底に沈んでいたじいちゃんの姿が、湧き出るように蘇《よみがえ》ってきた。

――あの冷やしコーヒーが飲みてぇ。牛乳瓶に入ってて、コルクで蓋してあんだ――

認知症になったじいちゃんは、ただそう言っていた。俺が「瓶入りコーヒー牛乳」を買ってあげても、「これじゃねぇ！」と投げ捨てた。そして、決まって言うんだ。

――清らかで、まったりした味でな。ヤマの頂上にいる気分になるんだぞ。爽やかな風が体を吹き抜けていくような――

篠原も似たようなことを……。タイムスリップ？　いや、ありえない。きっとこれは市販のコーヒー牛乳だ。飲めば分かるに違いない。

「飲まないでください、ゆかりん様！　これから虎雄様にお持ちするんですから」

「俺も飲む」

アヤさんが持つ箱から最後の一本を取り出した。氷に包まれていた瓶は、俺の手のひらをしっとりと、そして急激に冷やしていく。真夏の陽《ひ》の光を浴びて、汗をかく瓶の表面は「涼」を約束するかのように輝いている。

「おやめください、そちらは山の神にお供えするものです！」

アヤさんが奪い返そうとした瓶はつるりと地面に滑り落ち、音を立てて割れてしまった。褐色の液体がみるみる広がっていく。篠原は俺の肩に手を置いた。

「泣くな、石庭君！　また作ってもらえばいいじゃない」

「誰にだよ！」

「私ができます。だって作ったのは、私ですもの」

心臓が跳ねた。じいちゃんの思い出がまた蘇ってくる。瓶を畳に叩きつけた後、決まって言う言葉だ。

——こんなんじゃねぇ！　あの女中だけが、作れるんだ。連れてこい——

「……アヤさん。あなた、これを作れるんですね」

彼女を見て、茶褐色の地面を指さした。

「は……はい。でも、お作りするのに一晩かかるんです。今すぐには……。厨房《ちゅうぼう》の氷箱に残りがありますけど」

篠原は肩に置いてた手を離し、母屋《おもや》を指さす。

「氷箱って冷蔵庫のことだよ。見てきて、石庭君」

「おう」

慌てて縁側に上がったが、すぐに考え直した。

「なんで冷蔵庫までタイムスリップしてくるんだ」

振り返ると、目をパチクリさせてアヤさんが俺を見つめている。

「どうして母屋に行かれるんですか」

「冷蔵庫が、台所以外のどこにあるって言うんです」

「厨房はそちらです」

アヤさんは困惑の表情で、蔵の一つを指さした。母屋の台所にいちばん近い蔵だ。

十平方メートルくらいで正方形に近い。大谷石造りで、青い瓦屋根の――。

「なんで、蔵が台所なんだよ」

縁側で呆れる俺のケツを、篠原が興奮した様子で引っぱたいた。

「見て。確かに、屋根近くに煙出しの出窓がある。あの蔵に入ってみようよ。台所だったら、アヤさんが正しいと証明される」

「言っただろ、鍵が行方不明なんだよ。そもそも鍵穴がないんだ、あの蔵には」

「厨房蔵の鍵でしたら、母屋の『中の間』の天井裏です」

あっさり言ったアヤさんは、自信に満ちた表情で座敷の奥を指さした。

「家に入って、よろしいですか」

普段なら絶対拒否だ。しかし、思わず首を縦に振ってしまった。

アヤさんは、滑らかな動作で縁側に上がる。

「あたしも」

なぜか篠原もついてきたが、もはや追い出す気持ちの余裕は無かった。

蔵群と同様に、母屋は大正に入ってすぐのころ――約百年前に建てたもので、総石造りのだだっ広い平屋だ。八畳が三部屋（奥座敷、座敷、俺の部屋）、六畳も三部屋（座敷、家の中心にある「中の間」、玄関の間）と、元の土間兼台所――現在の台所に廊下を挟んで隣接した、二十畳の大座敷がある。その広い家を、アヤさんはなんの迷いもなく「中の間」に向かって行った。正直、恐ろしい。

中の間の前で止まったアヤさんは、振り返った。

「右奥の天井板を外します。脚立をお貸しくださいまし」

「ど、どこだっけ」

「時間がもったいない。乗って！」

長身の篠原が部屋に入り、かがんだ。その背にアヤさんが乗り、手を伸ばして天井板を押すと、ホコリが盛大に降ってくる。彼女はせき込みながら、何かを引っ張り出した。

「これですわ」

その手にあるものを見て、失笑が漏れた。

「何だそりゃ。どこが鍵なんだ」

「どんな形？」

アヤさんを背負っているので、篠原には見えない。見たままを解説してやった。

「岡っ引きの十手《じって》みたいの。木の取っ手がついて、鉄製かな」

「それ、蔵鍵！　落とし錠だよ！」

篠原の絶叫に驚いたアヤさんは、滑り落ちるように背中から下りた。振り返った篠原は、アヤさんの手にある三、四十センチメートルほどの棒を驚きの目で眺める。

「間違いない。なかなか残ってないよ、こんな鍵」

「これが厨房蔵の鍵です。いらしてください」

アヤさんは小走りで庭に戻り、先ほどの蔵の前に立った。

恐怖なのか驚きなのか、我ながらみっともないほど震える声で言った。

「だ、だから鍵穴なんか無いって」

「鍵穴は、こちらです」

彼女は両開きの戸の右下、壁に近い部分を指した。

「お分かりになりますか」

「それ、亀裂じゃないのか」

幅は一～二センチ、長さは二十センチほどの隙間だ。

「ここに、この鍵を挿します」

「俺がやる」

他人にやらせたくない。鍵を奪った……が、そのまま硬直した。

「……どうやるんだ、これ」

今度は、篠原が鍵を奪った。

「壊したらシャレにならない。学芸員のあたしに任せていただきます」

「ふざけんな、おい」

鍵を引っ張り合う俺たちを、アヤさんはオロオロしながら見ている。

「私にお貸しくださいまし。開けたらすぐにお返ししますから」

「……どうぞ」

二人揃《そろ》ってあっさり降伏した。

アヤさんは棒を両手で持って亀裂に挿し込み、上下に巧みに手を動かす。カタンと音がした。

「どうぞ、鍵はこのまま支えています。こちら側の戸を開けてください」

「あ、ああ」

右の戸に手を掛け、横に押した。重厚な音を立てながら戸が動いていく。

息を呑んだ。俺も篠原も。

明かり取りの小窓から漏れてくる陽は、大谷石の床と、三つ並んだ大谷石造りのカマドをスポットライトのように照らし出していた。

「ウソだ……」

ありえない光景に、脳が視覚情報を処理できない。

「石庭君、これは台所だ！　本当に厨房だよ。わあ、鈴木式高等炊事台じゃない！」

歓喜の篠原は、奥の壁側に設置してある台に走った。

「ほら、見て！　システムキッチンの先駆けって言われているんだよ。当時の最新型だね。料理台、火器台、七輪台、配膳台とかついていて、米櫃《こめびつ》や貯蔵庫が下にあるんだ。いやー、やっぱり金持ちだったんだ、この家。当時は」

信じられない。信じたくない。タイムスリップなんてありえない。ありえ……。

「へっくしゅ！」

ホコリのせいか、篠原の盛大なクシャミが蔵の中に響いた。我に返り、本来の趣旨を思い出す。

「そ、そうだ。冷蔵庫……いや、氷箱だっけか」

「こちらです」

アヤさんはスタスタと炊事台に歩いていき、下の段にある木製の冷蔵庫を開ける。覗き込む目が、見開かれた。

「空だわ」

ホッとした。そう、タイムスリップなんてありえないのだ。勝利宣言をしようと篠原を見ると、その目が輝いていた。おもちゃを発見した子どものように。

「作ってもらえばいいんだよ。アヤさんに、あの冷やしコーヒーを」

「でも材料が何も……」

アヤさんは困惑の顔で蔵の中を見回した。

「母屋の台所だって、きっと何も無いよ。石庭君、絶対料理しないから」

「買ってくりゃいいだろ、コーヒー豆くらい」

アヤさんは、激しく首を横に振る。

「それだけじゃダメなんです。あれは……」

「アヤさん！　アヤさんだな！」

声の方向を振り返った。蔵の入り口で、小さい体が仁王立ちしている。

「ヨシエ婆！　なんで勝手に入ってくるんだ！」

「オラは隣の園田ヨシエだ」

アヤさんは目を見開いた。

「ヨシエさん？　え？　今、おいくつですか」

「オラは九十四だ」

ヨシエ婆は、得意気に胸を張った。

実際のところ、ヨシエ婆は「オラ」と「オレ」の中間の発音をする。俺にはマネできない。

「じゃあ、八十七年も経ってますの！」

アヤさんは、手で頬を覆った。

「オラ、思い出したぞ。関東大震災があった日、アヤさんがいなくなって、この家は大騒ぎになったんだ」

そのころから、ヨシエ婆は俺の家を覗いていたのか。

「そりゃ見つからないはずだなぁ。今、オラの目の前に来ちまったんだもん」

「信じられない……こんな」

顔面蒼白《そうはく》で、アヤさんは細かく震えている。

「冷やしコーヒーを作って、証明してやればよかんべ。必要なものはなんでも言え。オラ家《げ》には何でも揃ってんだぞ」

「ま、まずコーヒー豆を。モカです」

「インスタントしかねえ」

結局、篠原が必要なものを買ってきた。しかし、我が家の台所に無いものは食材だけではない。ガス台すらない。調理器具の類で存在しているのは、電熱調理器と、電子レンジだけだ。

「ここまで何もないと、見事だね」

感心したように母屋の台所を見回す篠原に、自説を述べる。

「俺の食哲学は『効率のよい食事』だ。味うんぬんなんて、舌の上を通過するホンの一瞬だし、胃に入ればすべて同じ。コンビニやスーパーで総菜を買ってきて、チンすればすべて終了する。空いた時間は、趣味に有効活用できる」

篠原は親指を立てた。

「いいね！　あたしもそうだよ。時間はすべて研究に捧《ささ》げております」

「だろ」

アヤさんは、茫然《ぼうぜん》と立っていた。

「どうしたのよ、固まっちゃって」

篠原が彼女の傍らに行くと、すがりつくような目をする。

「何をどう使えばいいのか……」

「そうか。電熱調理器や電子レンジなんて、アヤさんの時代には無いもんね。じゃあ、作り方言って。あたしがやる」

篠原が料理？　俺は目を見開いた。

「できんのかよ」

「お願いいたします。まずは卵三個を割りまして……」

「ちょっと待った！　厚焼き玉子じゃあるまいし。俺は、冷やしコーヒーを作ってくれって言ったんです」

「ですから卵の殻を使うんです。殻に白身が残っているのが理想です」

「ワケ分かんねぇよ！」

「石庭君は黙って。ボウルなんてどうせ無いよね」

篠原は食器棚からガラスのコップを二つ取り出した。

「コップ借りるよ！　こちらに、卵の中身と殻を分けさせていただきます」

彼女の技術は、想像通りだった。

「おい、思いっきり殻が中身に入ってるぞ」

「大丈夫ですわ。殻だけ取り出せれば。その状態でしたら白身がついてますし」

「中身はいらないの？　じゃ、飲んじゃおっと。映画『ロッキー』ごっこ」

篠原が生卵三個を飲み干すのを待ち、アヤさんは電熱調理器の上に置いた雪平鍋《ゆきひら》を指さした。

「茶さじ三杯のコーヒー粉を鍋に入れます。殻も一緒に入れてよくつぶしまして、そこへ大さじ二杯の冷水を加え、コーヒー粉と殻をよく混ぜます。それを火にかけて、二、三分煮立てます」

篠原を……いや、篠原が使う電熱調理器を見つめるアヤさんの目が、異様に輝き始める。ひとり言《ごと》のように、ボソッとつぶやいた。

「奇術みたい……。火が無いのに、湯気が立ってる」

女中さんなだけに、調理器具マニアなのだろうか。俺の視線に気付き、彼女は慌てたように指示を出した。

「……で、では次に。煮立っている熱湯を一合ほど差したら、すぐに冷水を。ホンの少しでいいです」

篠原は、電気ポットから湯呑み茶わんに目分量で湯を注ぎ、鍋にぶち込んだ。

「で、少しの冷水だっけ。なんで？」

「コーヒーが澄みますの」

「へえ！ ……あら本当だ、クリスタル！」

「そしたら火を止めまして、濾《こ》します。フランネルで」

「無い。さすがに、ここに限らず一般家庭にはそうそう無いわよ。念のために紙のコーヒーフィルター買ってきたけど……ダメだ、ドリッパーが無い」

「俺がフィルターを持ってりゃいいだろ」

「お、そうか。石庭君、行っくよー」

「指に熱湯かけるなよ！」

マグカップに液体が落ちたのを見届けて、アヤさんは砂糖が入った瓶を指さした。

「砂糖を茶さじ二杯と、牛乳を二勺《しゃく》から三勺程度入れます」

「勺？　聞いたことないぞ」

テーブルの前の椅子に座り、まじまじと観察していたヨシエ婆が自信満々に言った。

「一勺は、一合の十分の一だぁ」

「ヨシエちゃん、さすが尺貫法《しゃっかんほう》の世代だわ。でも計量カップなんかここに無いから、目分量だね」

篠原の作業を見届けて、アヤさんは何度もうなずいた。

「以上ですわ。あとは、氷箱で一晩冷やすだけです」

「ここは現代文明の利器、冷凍庫に入れよう。三十分もあれば冷えるでしょ」

「冷凍する機械がありますの？」

アヤさんは、ものすごい勢いで台所の中を見回す。その動きが、ビクッと止まった。

車のエンジン音が聞こえてきたのだ。

それで、思い出した。すっかり忘れていた。

「客が来るんだった！　みんな、ここにいろよ。客が帰るまで、絶対出てくるなよ」

そう叫ぶと、慌てて玄関に向かった。今日は厄日だ。静かなはずの俺の世界が……。

座敷には通さず、「玄関の間」で話は終わらせよう。

ベルを鳴らされる前にガラス戸を開ける。そこにはポロシャツにチノパン姿、中年太りの男が立っていた。大座敷の隅でホコリを被《かぶ》っている、布袋《ほてい》像を思い出した。

事前に寄越《よこ》したハガキの差出人には、牧田英二《まきたえいじ》とあった。裏面には「急ですが今度の日曜日午後一時に伺います。何度お電話しても出ていただけなかったので、ハガキで失礼」としか書いてなかった。知らない電話番号からかかってきたって出るわけない。しかも市外局番なのに。

しかし、想定外が一人いた。小さい女の子だ。小学校低学年くらいか？　薄汚れたTシャツに半ズボン姿で、不機嫌そうに下を向いている。

布袋——牧田は、会釈した。

「初めまして、お義兄《にい》さん」

「お義兄さん？」

上げた顔に浮かぶ笑みは、胡散臭《うさんくさ》さに満ちていた。

「あ、あの……。全部、初耳なんですけど」

さっきから、ありえないことの連続で驚き慣れたが、まだあったとは。

　仕方なく通した大座敷で牧田が繰り出す話は、信じられないものだった。

「高校の時に家出して音信不通だった妹が、横浜でシングルマザーになって、子連れで再婚。いや、再々婚？　でもって……。先月、胃がんで死んだなんて……」

「妹さん、故郷のことは決して話しませんでしたからねぇ。家族のことも」

「そりゃ、ここが大嫌いだったし」

　俺が中三、妹——真奈《まな》が小一の時に、両親は交通事故で死んだ。そのショックで認知症の症状が出始め、「冷やしコーヒーが飲みたい」とひたすら繰り返すじいちゃんと、もともと気が合わない俺がイヤだったのか、真奈は小学校高学年のころからヘンな仲間とつるみ始めた。じいちゃんが死ぬとストッパーが無くなったようで、中学時代は荒れ、なんとか入れた高校も早々に中退し、そのまま家出してしまった。そして、今だ。

「失礼いたします」

　襖《ふすま》が開き、盆に麦茶が入ったグラスを三つ載せたアヤさんが入ってきた。台所から出るなと言ったのに！

　牧田は目を見開き、優雅な所作で麦茶を出す彼女に熱い視線を送った。

「奥さんですか。さすが旧家だと、普段からこんな時代劇みたいな姿なんですねぇ」

「妻じゃない！　女ちゅ……家政婦です」

「こんな可憐《かれん》な家政婦さんがいたら、毎日楽しいですな！」

いやらしい表情には、嫌悪しか感じない。でっぷりとした体であぐらをかき、ヨレヨレのハンカチで顔を扇ぐ姿も耐え難い。気を静めるため、麦茶をイッキに飲んだ。

「このような方がいるなら、お願いするのも安心ですなぁ。ほら、挨拶しろ」

牧田は、傍らに座らせていた女の子の背中を叩いた。

挨拶どころか、全く口を開かない。

ショートカットだが、いつ梳《と》かしたのか分からないような乱れ髪。可愛《かわい》げの「か」の字もない「への字」口。ただひたすらに下を向くその目は、確かに真奈を連想させた。

「母親とは全く違って、気が小さくて。名前は、ルナ。月と書いてルナと読みます」

お願いって何だろう。イヤな予感がする。アヤさんが部屋を出ていくのを確認してから、牧田は続けた。

「将来を考えると、ちゃんと血のつながった、お母さんのお兄さんに育ててもらった方がいいよな、ルナ」

予感は的中してしまった。俺はグラスを座卓に叩きつけるように置く。

「いきなり何を言うんです！」

凍り付いた空気の中、アヤさんが再び襖を開けた。部屋の入り口で正座し、優しい笑みを浮かべる。

「おルナ様」

そんな風に呼ばれたことはないのだろう。ルナは顔を上げ、口をぽかんと開けた。

「私、アヤと申します。一緒に、お庭で遊んでくださいませんか？」

優しい声と表情に心が揺らいだのか、ルナは無言でうなずいた。

「はっはっは。やはり気の利く家政婦さんは違いますなぁ」

二人が庭に出たのを確認して、牧田に本音をぶつけた。

「血のつながり？　真奈が家出して以来、全く会っていない。正直、いろいろ迷惑かけられた。これ以上……」

「実の姪《めい》でしょ？　知らぬ存ぜぬ、ですか。まだ七歳なのに」

「七歳？」

「率直に言います。私には、血のつながらない子を育てあげる度量はない。ルナも、私に全くなつかない。これじゃ、お互いに不幸だ。だから、大枚はたいて興信所に依頼したんです。真奈が、兄ちゃんがどうのと口を滑らせたことが、一回だけあって」

血のつながりを言ったら、俺だって――。

庭で遊ぶアヤさんとルナに視線を移した。熱心に石を蹴って遊んでいる――アヤさんが。ルナは、突っ立って無表情で石を眺めているだけだ。自分の世界に籠っていたいとでもいうように。

俺みたいだな。ここに来る前の――。

グラスの容量を超えた水が溢《あふ》れるように、心から言葉が漏れた。

「そうですね。今のままじゃダメです……」

「じゃあ、引き取ってもらえるんですね！」

そこまでは言っていない。慌てて抗議しようとしたが、もう遅かった。

「ありがとう！　ルナはこのまま置いていきますね。必要な書類や荷物は、あとから送りますから。真奈の遺影と位牌も！」

牧田は、今までの鈍重な動きは詐欺かと思うほど、素早くルナに走り寄った。

「良かったな、ルナ！　お前は今日からここの子だ。お母さんの生まれ育った家だ。本当のおじさんや、美人な家政婦さんもいるんだ。いいなぁ！　幸せになれよ！」

ルナは目を見開いたが、特に何の反応も示さない。

俺は慌てて追いかけたが、あっという間に牧田が運転する車は去っていった。

「自動車に乗っている方なんて、伯爵様か侯爵様しか見たことありませんわ」

アヤさんは、車より牧田に興味があるような顔で見送った。

「未来は、人力車じゃなくて、自動車が普通の『くるま』だからね」

「なんだ、それが真奈の子け？」

振り返らずとも分かる。縁側にいるのは、篠原とヨシエ婆だ。大座敷の廊下を挟んだ東隣は台所——ということは全部聴こえていたのか。

「昔の大輔にソックリだんべよ、そのふくれっ面」

そう、同じなんだ。俺も七歳の時、精いっぱい虚勢を張っていた。「愛嬌《あいきょう》がない」「可愛げがない」と周囲の大人にののしられながら。

「おルナ様、何か召し上がります？」

アヤさんはかがんで、ルナの顔を覗き込んだ。

ルナは、無言で頭を横に振った。

「では、何かお飲みになりますか。暑いですものね」

それで思い出した。

「そうだ、冷やしコーヒー。もうできたんじゃないか？　見てくる」

俺は現実から逃れるように、母屋に戻った。

グラスに移し替えた冷やしコーヒーを持って大座敷に行くと、成人女性組は座卓の前に座っていた。俺の持つグラスに視線を集中させている。俺は大げさに咳払《せきばら》いし、正座した。

「じゃ、飲むぞ」

アヤさんが、手を挙げて静止した。

「お待ちくださいませ、まだ仕上げがあるんです」

「仕上げ？」

「はい。ヨシエさん、お願いします」

「任せろ」

ヨシエ婆は、傍らに置いてあった風呂敷包みから、大きな瓶を出した。薄い茶褐色の液体で満ちている。

「なんだそりゃ」

「オラが作った柚子シロップだぁ。この土地の味がすんぞ」

「待て。ヨシエ婆ん家、柚子の木無いだろ。さては、ウチの柚子……」

「オラ家《げ》に転がって来たのを、拾ってるんだぁ」

「ウソつけ！　全然届く距離じゃねぇぞ」

「これを、一滴……。ホンの一滴入れるんです」

アヤさんは竹串を瓶に挿し込み、その言葉通りホンの一滴をグラスに入れ、かき混ぜた。

「どうぞ。お召し上がりください」

差し出されたグラスを前に、作った手順を思い出した。卵の殻、白身、柚子……どんな味になってるんだ、これ。恐る恐る手に取り。口に含む。

……なんて味だ！　透明な川底のようにスッキリして、優しく俺を包む。そして、最後に——爽やかな風が吹き抜けていく。

その風は、記憶をイッキに蘇らせた。俺が七歳で、初めてこの家にやってきた日のことを。


ヤマはひたすら暑かった。五月とはいえ、地面の大谷石が日光を反射しているのだ。汗を拭いながら、じいちゃんの後について登って行った。

やがて、頂上に出た。

青空の下、見えたのは単調な風景だった。つまんないと率直に言ったら、じいちゃんは豪快に笑った。大人になったら、良さが分かると。そしてその時——。

風が吹き抜けていったのだ。

じいちゃんは、陶酔した顔でつぶやいた。

「ああ、気持ちいいなぁ……。こんな気分になれる冷やしコーヒー、むかーし飲んだ。もう、たまらんウマさでなぁ。スッキリしてまろやかで、最後にまるで、こんな山の風が吹き抜けていくみたいに爽やかで……」

そして振り返り、足元に見える家の庭を指さした。

「そのころ、庭に柚子の木があったんだ。暑くなってくると、白い花が咲いてな。そりゃもう、いい香りでなぁ。あの冷やしコーヒーを飲むとまるで、柚子の花の香が風に乗って、俺を包んで吹き抜けていくような気分になったんだぞ」

「ゆず？」

「黄色い実で、酸っぱいんだ。そうだ、大輔。お前のために、柚子の木を一本植えてやっぺ！　じいちゃんは、お前が来るのをずっと待っていたんだからな。お祝いだ」

「酸っぱいのなんて、いらない」

「ひゃひゃひゃ。お前は強がりだな。それは心が弱いってことだぞ。桃栗三年柿八年。柚子は……九年だか、十八年だか……。いずれにせよ、実がなるころのお前はきっと、この家にしっかり根っこを張ってるはずだ。俺はもう、この世にいねえだろうがな。だが、生きている限り、お前を守る。何かあったら、叫ぶんだぞ。『じいちゃん、助けて』ってな。おぼえておけ」


すっかり忘れていた。茫然とグラスを見つめる。たった一口の冷やしコーヒーで、ここまで思い出すとは。

篠原が両手を叩く音で、我に返った。

「石庭君、思い出したよ！　明治か大正あたりの随筆で、卵の殻を入れてコーヒーを煮出す話を読んだことがある。殻がアク取りの役目を果たすのかな。それでスッキリしてるんだ。優しくてまろやかなのは牛乳と砂糖、爽やかな風は柚子シロップか。しかも、ホンの……本当に一滴の」

アヤさんは、照れたような笑みを浮かべる。

「本当はレモン油を仕上げに入れるんですが、宇都宮では売っていなくて……代わりに柚子を使いました。お隣の園田家の奥様が、柚子シロップをお作りになるのがお得意で。毎年、旦那様がお分けした柚子を、シロップにしてお戻しくださっているのですって。それを、女中頭のユキさんがヤマの採掘坑に貯蔵しているんです」

「採掘坑なら、冬も夏も低い温度で一定してるもんね！」

納得したように篠原が何度もうなずく。ヨシエ婆はシロップの瓶をポンポンと叩きながら、遠い目をした。

「あの柚子の木はなぁ。オラが二十歳《はたち》くらいの時に折れちまったんだ。別の家の柚子をもらったり買ったりしてシロップ作っても、あの味にならなくてなぁ。この新しい木が、ここ数年実をつけだしたんで、やっと満足できる味になったんだぁ」

「ヨシエ婆、自分家《ち》の庭に植えればいいだろ」

「実がなる前に、オラは寿命だんべな」

篠原はグラスの中身をしげしげと眺めた。

「アヤさん、どこで知ったのよ、この作り方」

「こちらに来る前に女中をしていた東京のお宅で、奥様に教えていただきました。暑い日にぴったりの特製冷やしコーヒーだから、毎日作ってお客様にお出ししろと。旦那様は食べ物の随筆をお書きになる方で、料理法にも大変お詳しかったんです」

ふふふと笑う声が聞こえた。篠原が俺を見て、確信の笑みを浮かべている。

「どう、石庭君。タイムスリップを信じたかな？」

俺は下を向き、膝の上で拳を握りしめた。絞り出すように声を発する。

「絶対信じない。俺は現実主義者だ。神も仏も、超常現象も一切信じない……けど」

「けど？」

「信じる……この冷やしコーヒーは」

そうだ、じいちゃんが飲みたがっていたのは、これなんだ。あの山頂の風のような──。今度は、ゆっくりとグラスの中身を口に含んだ。味って──舌の上だけの話じゃないんだ。

「やったね、アヤさん。この家に住めるよ！」

思わず、冷やしコーヒーを噴き出した。

「そこまでは言ってない！　勝手に決めるな。客ですらイヤなのに、四六時中人がいるなんて冗談じゃないし、俺の生活に首を突っ込まれるなんて耐えられない。篠原の家に泊めてやればいいだろ」

「うち、アパートだもん。ただでさえコレクションで床が抜けそうなのに、さらに人が住めるスペースなんてございません」

「じゃ、じゃあ、ヨシエ婆の家だ」

「虎雄さん家の女中を、オラ家《げ》に置くワケにいかねぇ。世の中には、仁義ってモンがあるからなぁ」

朝ドラに出てくる大奥様のような威厳ある顔をして、ヨシエ婆は首を横に振った。

アヤさんは俺の前に来て正座した。そのまま額を畳にこすりつける。

「お願いです、この家に置いてくださいませ。若旦那様。この家におりませんと、元の時代に戻れない気がいたしますの」

「わ、分かりました。その土下座と、『若旦那様』はやめてください」

「若旦那様！　石庭君が若旦那様ねぇ。こりゃいいや！」

手を打ってケラケラ笑う篠原は、ふと真顔に戻った。その視線が、隣の「中の間」に行く。開いた襖の向こうで、ルナがつまらなそうに寝転んでいた。

「ねぇ、ルナちゃん。おいしいコーヒー飲もう。苦くないよ」

ルナは、無言で首を横に振るだけだ。

急に不安に襲われた。

この俺が、七歳の女の子の面倒を見るのか？　両親が亡くなった時の真奈も七歳だったが、じいちゃんがいた。今度は、俺一人だ。

「おルナ様」

アヤさんが、ルナの傍らに行って正座した。

「怖いですよね。分かりますわ、私も同じですもの。知っている人が誰もいないところに来てしまって……。でも、おルナ様がいてくださって、心強いですわ。戻れるまでの間、私とお友達になってくださいます？」

「………」

ルナは天井を見つめた。引き締めた唇がわなわなと震えたかと思うと、堰《せき》を切ったように涙がこぼれてきた。

「このお家《うち》で、一緒に頑張りましょうね」

わあわあと泣くルナにつられたように、アヤさんも洟《はな》をすすり始めた。

考えてみれば、アヤさんがルナの世話を手伝ってくれるなら、俺も安心だ。家事だって、プロなのだし。

篠原が何かを思いついたように俺を見て、人差し指を立てた。

「もしやアヤさん、もう一つの『開かずの蔵』の鍵の場所も知ってるんじゃ？」

「そうか。アヤさん、屋敷神にいちばん近い蔵の鍵、どこにあります？」

「……あの蔵ですか？」

アヤさんは、指で涙を押さえながら俺を見た。

「あの鍵は虎雄様が管理されていますので、私には……」

「何が入ってるんです？」

「存じません」

「あの蔵さ、水屋《みずや》みたいな造りなんだよね」

講義をするような真面目な顔をして、篠原は流暢《りゅうちょう》に語りだす。

「岐阜県とか水害が多い地域によくあるんだけどね。『水場の一寸高《いっすんだか》』って、高く土盛りしたところに蔵を立てるの。いざという時の浸水防止ね。栃木県内だと、県南方面で見かけたことがある。だからあの蔵、貴重品が入ってるのかも」

「この家、俺の知らないことがたくさんあるな。こんな鍵が天井裏にあったなんて全然気づかなかったし」

座卓に置いていた鍵を手に取ると、ずっしりきた。歴史の重みまでもが感じられそうだ。

「梁《はり》も立派だねえ！」

大座敷は、梁の一部が見える構造になっている。篠原は首が後ろに落ちるんじゃないかと危惧するくらいの勢いで、見上げていた。

「スゴい松の木。この家、欅《けやき》の太い柱が何本もあるよね。母屋木《おもやぎ》の配列から見ても、重い屋根を支えるためだと思う。もしや、建築当初は石屋根だったんじゃない？」

「ええ！　大谷石ですわ」

篠原、すげえな。褒めたくなったが、調子に乗るのでやめた。

「雨漏りがひどくて、昭和に入ってすぐ瓦屋根にしたってじいちゃん言ってた」

「石屋根を造ると身上が傾くって言われるくらい、コストがかかるんだよ。その割に耐用年数が短いの。『石屋根百年』ってね。本当に、石庭家住宅は文化財レベルだよ。母屋も長屋門も、塀も。もちろん、いっぱいある蔵もね」

蔵と言われて思い出した。

「そういや、蔵の鍵を開けたはいいが、閉めてない」

アヤさんは俺を見て、安心させるかのような優しい笑みを浮かべる。

「大丈夫です。扉を閉めれば、自然に閂《かんぬき》が落ちますの」

「元祖オートロックですか！」

感心して鍵を手に持ち眺めていると、かすかな違和感を耳がとらえた。

「持ち手のところ、何かカサカサ音がする」

「見せて」

返事を聞く前に篠原は鍵を奪った。

「もしや」

持ち手をクルクル回し始めた。中から、黄ばんで丸まった和紙が一枚出てきて、畳に落ちる。篠原が手を出す前に、俺が拾って読んだ。いや、読もうとした。

「なんだ？」

筆で何か書いてあるが、草書体でサッパリ分からない。

「任せて。くずし文字解読は得意よ」

篠原が俺のすぐ隣に来て、得意気な顔で覗き込んだ。

「……えーと、『大輔へ　これぞ百年厨房の　そして　お前の人生の鍵なり　虎雄』」

「え！　じいちゃんが俺に書いたのか？」

「百年厨房って、あの『厨房蔵』のことよね。石庭君の人生の鍵ってなんだろう」

ふと、じいちゃんの言葉が脳裏をよぎった。

――人生にはな、見えない扉がいっぱいあんだ。スッと開くこともあるし、鍵がかかって開かない扉もある。その時は、諦めないで鍵を探しに行くんだ――

思わず、仏壇に飾ってあるじいちゃんの遺影を見た。いかつい顔に浮かぶ笑みが、急に意味深なものに見えてきた。

第二章　楽しい「ご飯」

「百年厨房」は蘇った。

ホコリは掃きだされ、炊事台は磨かれ、大きな水甕《みずがめ》は清らかな水を湛《たた》えている。と言っても、水道水だが。

蘇らせた者——俺と篠原は疲れきって、大座敷に倒れていた。

「そりゃ、料理するのは俺じゃなくてアヤさんだけど……あんな遺跡みたいな台所なんて、わざわざ使わなくても。現代科学の粋を集めた、母屋の台所があるのにな」

俺が愚痴ると、篠原はゾンビのように体を起こし、ペットボトルのコーラの蓋をぷしゅりと外して弱々しく笑った。

「あたしには分かるよ。マニュアル車好きにはオートマチック車は運転しづらいし、運転した気がしない」

「そんなもんか」

「でもさ、謎だよね」

コーラを飲んで、篠原は俺を見る。

「百年厨房に壺《つぼ》があったでしょ。ほら、高さ三十センチくらいで、ぽってりとした形の陶器が」

道具類は残されていなかった百年厨房で、なぜか壺だけが炊事台の真ん中に、ポツンと置かれていたのだ。壁の大谷石と同化しているような、灰色の地味な壺だ。

「あんな壺、なんで置いてあったんだろうな。フチは欠けてたし、ヒビも……」

「この家はミステリーに満ちている——萌《も》えるね」

そうつぶやいて、ふふふと笑った。

篠原はいつまでいる気なんだろう。いろいろ手伝ってくれたから夕メシくらいは許すが。どうせなら、ふてくされて中の間にいるルナの相手をしてほしい。俺は今日、一人になれた時間がほとんど無かったし。

「若旦那様、ゆかりん様、ありがとうございました。これで、お料理できますわ」

掃除なんて朝メシ前なのか、アヤさんがにこやかな笑顔で大座敷に入ってきた。篠原は目を見開く。

「ちょっと、今夜は料理なんていいわよ。疲れてるでしょ。大正時代から来たばっかりだし。ゆっくりお風呂に……。あ、そうだ！　大変だよ、石庭君！」

反射的に体を起こした。

「なんだよ」

「アヤさんの着替え！　ルナちゃんの身の回りの物！　それに百年厨房に似つかわしい調理用具！　食材！　あたし、調達してくる！」

どこにそんなパワーが残っていたのか、篠原は外へ飛び出し、やがて車のエンジン音が遠ざかって行った。

「そうだよな。アヤさんとルナ、これからここに住むんだもんな。とすると、自治会の班内だけでも挨拶しておかないと、なんだかんだと面倒だ」

陽が落ちる前に、二人を連れて近所をまわることにした。裏門から出て、ヤマの前の細い道をテクテク歩いていく。

道中、アヤさんにしつこいほど念を押した。

「いいですか。大正時代から来たなんて、世間一般には通らない。自分からは何も言わないでください。そして、誰に何を聞かれても笑ってごまかしてくださいね」

しかし、困った。ルナはともかく、女性その一（アヤさん）が俺の家に住み込み、女性その二（篠原）がどうせ入り浸りになる。なんて説明すりゃいいんだと思いきや――。

「ルナちゃんっていうんだって？　真奈ちゃんの子だってなぁ」

「その子のために、住み込みの家政婦さん雇ったたって聞いたんだけんどよ、その人？あら美人だぁ。時代劇の女優さんけ？」

「家庭教師もつけたんだって？　宝塚の男役みたいな人」

なんで、行く先々で言われるんだ。しかも設定ができあがっている。原因は——ヨシエ婆以外の何物でもない。恐怖すら感じたが、その設定を利用させてもらうことにした。

最後の家を出たら、外は真っ暗だ。夜の闇は大正時代と変わらないのかもしれない。懐中電灯で道を照らしながら歩くと、背後のアヤさんがつぶやいた。

「軌道がない……」

思わず足を止め、振り返った。彼女は不安そうに下を向いている。

「こんな、あぜ道みたいなところに軌道があったんですか？」

アスファルト舗装がしてあるとはいえ、田んぼと田んぼの間の道は細い。軽自動車一台がやっと通れるかどうかで、「車幅一・七メートル以上の車両は道路幅員狭小の為通り抜けできません」と警告表示があるくらいだ。

「はい……」

形跡を探して目を凝《こ》らしても、この暗闇で見えるのは田んぼに映る月くらいだ。

「まあ、百年近く経てば風景も変わりますよ」

軌道って、なんの軌道だろう。再び歩きだしながら、月が照らす風景は百年後にはどうなっているんだろうかと、ふと考えてしまった。俺はそのころ、この世にいないだろうが。

家の長屋門をぐぐると、爆音を立ててワゴン車が庭に入ってきた。篠原だ。

「お待たせー！　いろいろ持ってきたよ！」

車から降りると、背面のドアを開ける。そこには——。

「どう？　あたしのコレクション。大正レトロ着物に、台所の古道具だよ」

「すげえ」

呆れ果てて、ルームランプが照らし出す荷台を覗き込む。段ボールに詰め込まれた古道具、ファッションセンターのレジ袋には子ども用の新品の衣類、察するに大人の女性用下着。そして……透明な衣装ケースを見た瞬間、イヤな予感に襲われた。

「ちょっと待て。なんでジーンズが入ってるんだ」

「これはあたしの。この家に下宿するから」

予感的中。

「篠原は関係ないだろ」

「あるよ。アヤさんはね、今、未知なる世界にいるの。お風呂やトイレの使い方、月の物の対処。ついでにメイク。現代女性の暮らし方を、石庭君が手取り足取り説明すんの？」

「うっ」

篠原は俺の耳元に口を寄せて、囁《ささや》いた。

「そしてこれは最重要事項。ルナちゃんのことを考えて。アヤさんは、いつ元の大正時代に戻ってしまうか分からない。その時、石庭君一人で育てられるの？」

痛いところを突かれた。いきなり現れたアヤさんが、いきなりいなくなる可能性は十分にある。その時、俺一人でルナの世話ができるのか。無理、絶対無理だ。

「安心しなよ。決して、この家の蔵や収蔵品に興味があるからではない。断じて」

「信じられるか！」

俺から離れ、篠原はとろけそうな声で言った。

「じゃあアヤさん、さっそく着替えて！　似合いそうな着物、いっぱい持ってきたんだ。水玉の羽二重《はぶたえ》、ヒマワリ柄の絽《ろ》、アヤさんなら、どれも映えるはずだよ」

アヤさんは、小刻みに手を振った。

「いえ。家事で動き回りますから汗をかきますし、傷みます。やわらか物よりも、縮《ちぢみ》の浴衣の方が助かりますわ」

「なんだ、やわらか物って」

「絹。ああ、こういう雅《みやび》な会話ができるって、いいなぁ」

篠原は両手を握り締め、うっとりした顔でつぶやいた。

その日の夕メシは、女性組が交代で風呂に入っている間に俺がスーパーで買ってきた、パック寿司《ずし》だった。

大座敷の座卓に、三人分の寿司と箸を並べながら考える。この家で俺以外の人間が食事するなど、何年ぶりだろう。

「やったぁ、太巻き寿司だ！」

頭にタオルを巻いたジャージ姿の篠原に続いて、アヤさんも入ってきた。

「若旦那様。お風呂、ありがとうございました」

「ほら、石庭君、萌えるでしょ。洗い髪だよ」

アヤさんの雰囲気がガラッと変わっている。幼さを残した可愛い雰囲気から、ぐっと大人の雰囲気になっているのは、銀杏返しに結っていた髪を下ろしているからだ。

俺は焦って彼女の頭を指さした。

「髪型崩して大丈夫なんですか？　今の時代、髪結いなんてこの辺にいないですよ」

「自分で結えます。髪結いに行くなんて、お正月くらいですから」

「いや、結うのはやめましょう。あまりにも目立ちすぎる」

「洗い髪では仕事が……」

アヤさんは困惑しながら、そっと右手で髪を押さえる。隣に座る篠原が、自分の頭に向かって指を回した。

「アヤさん、くし巻き。あれなら、今の世でもそんなに不自然じゃない」

「なんだそりゃ」

思いつくのは、串焼きか串揚げだ。

「洗い髪に櫛《くし》を巻き付けて、クルクルッとまとめるの。焼鳥の串じゃないからね。髪を梳かす櫛だからね」

「わ、分かってるよ！」

「櫛も持ってきたから大丈夫。あたしの準備に余念はない。他になにか欲しいものは？」

アヤさんの顔が、ふと曇った。もじもじしながら、上目遣いに俺を見る。

「あ、あの……もしもよろしければ、書くものをいただけませんか。筆とか、紙とか。私、毎晩必ず日記を書きますの。それができないと、気持ちが悪くて……」

業務日誌的な意味合いだろうか。

「鉛筆とノート……帳面でいいですか？　全然使っていないし、差し上げます」

「ありがとうございます！」

破顔一笑という言葉は、このためにあるのではないかと思うくらい、アヤさんの表情が輝く。

西側の襖が開いた。

無言で、ルナが大座敷に入ってくる。シャワーを浴び、新しいパジャマを着たからだろう。ふてくされた雰囲気が薄れている。

「じゃ、みんなで食ってくれ」

立ち上がる俺を、すでに寿司を頬張っている篠原がキョトンと見た。

「え？　石庭君は」

「自分の部屋で食う」

「なんで、ここで食べようよ。みんなで楽しいご飯！」

ご飯って、楽しいものなのか？

小さいころの食事タイムには、イヤな思い出しかない。

「お前は石庭家の当主になるんだから、行儀作法を身につけろ！　なんだ、その魚の食い方は。箸は正しく持て！」

何をどうやっても、オヤジの怒号が飛んできた。しかし、真奈に対しては「どうせ嫁に行くんだもんなぁ」と甘やかし、何をしても怒らなかった。

両親が事故で亡くなった後は、できあいの弁当や総菜を買ってきた。しかし、気の合わない真奈と俺の食事タイムは、苦行だった。

じいちゃんが亡くなり真奈も家を出て、俺一人になって十年近く。食事は自分の部屋でパソコンをいじりながら口に放り込むものだ。昼メシは、通勤途中で買ったコンビニ飯を、自分の席で食べる。誰かと食べるなど、気疲れすることこの上ない。どこが楽しいんだ。

「ルナちゃんも、一緒に食べる人が多い方が楽しいよね？」

太巻き寿司を分解し、海苔《のり》と具を手づかみで食べるルナは、無言のままだった。もしやルナも、俺と同じタイプなのかもしれない。

「悪いけど、仕事の準備がある。来年度は俺が担当するシステムの更新があるから、予算要求資料作成が大変なんだ。ついでに言うと、毎日残業だから、これからも夕メシは一緒に食べない。じゃあな」

本当は、そこまで忙しくはなかった。俺の「逃げ道」を作りたかったのだ。

「待った。あたしたちの部屋の割り当ては」

「ゆかりん様、私は長屋門にある女中部屋ですわ」

冗談じゃない。あの部屋は今、ゴミ溜《た》めだ。しかも、今日の来客に備えて家の中のヤバイものを多数放り込んである。

「全員母屋！　好きな部屋を選べ。ただし、俺の部屋には絶対入るなよ。この北側だ」

「やったー！」

篠原は万歳した。修学旅行に来て喜んでる小学生みたいだ。

「アヤさん、ルナちゃん、今日はみんなで大座敷で寝よ。枕投げしよっか」

「するなよ！」

そう言い残して、自分の部屋に逃げ込んだ。

その夜は遅くまで襖の向こうから甲高い声が聞こえてきて、眠りを妨げた。

「へー。アヤさんって、あちこちで女中してるんだ」

「はい、ご家庭によってご職業や暮らしぶりは様々で……。いろいろ勉強になり、楽しいです。それに今は女中不足なので、辞めてもすぐ次のお宅が見つかりますし」

「それがなんで、大谷に来たのよ」

「こちらに来る前、ご奉公していた家の奥様——冷やしコーヒーを教えてくださった奥様のお買い物にご一緒させていただいて銀座方面に行きましたら、帝国ホテルが建設中だったんです。その正面玄関に使われていた石が素敵で。工事の方に伺いましたら、大谷石と教えていただきましたの。産地はどんなところなのか、石屋さんってどんな暮らしなのか興味を持ちまして、宇都宮まで参りました。そして桂庵《けいあん》さんで、こちらをご紹介いただきましたの」

「ルナちゃん、桂庵って分かる？　女中あっせん所のことだよ。あら、もう寝てる。あたしたちも寝よっか。おやすみ」

「ゆかりん様、朝ご飯についてなんですが……。あら、もう寝ていらっしゃる」

なんて激動の一日だったんだ。これから俺の生活はどうなるんだろう。全部夢だったらいいのに。そうだ、明日目覚めたら、すっかり元の世界に――俺だけの世界に戻っているんだ……。

雨音と、食べ物の香りで目が覚めた。

朝メシは食べないのが俺の日常だ。食べると、胃が重くて頭に血が回らない感じがして、仕事にならない。なのに、この香りは……？　目をこすり、枕元に置いてある眼鏡をかけて、パジャマ姿のままで襖を開けた。

大座敷は、旅館の朝食会場と化していた。座卓に皿や器がずらっと並べられている。

「石庭君、おはよー！」

座卓の前にはスウェット姿の女性と、Tシャツに半ズボン姿の女の子がいた。

長い髪を櫛でまとめた、浴衣に前掛け姿の女性がお茶を淹《い》れている。

なんで、この家に女性が三人もいるんだと考えこんでいると、昨日の記憶がイッキに蘇ってきた。あれは夢じゃなかったんだ。

アヤさんは、申し訳なさそうに頭を下げた。

「おはようございます、若旦那様。申し訳ありません、今朝はこんな普通のものしか……」

「見てよ。すごいでしょ、石庭君。薪《まき》で炊いたご飯、かつおぶしを塊からかいてとったダシの味噌汁《みそしる》、厚焼き玉子。そして七輪で炙《あぶ》った海苔だよ。大正時代の随筆に出てくる朝ご飯みたい」

アヤさん、さっき何て言ったっけ。

「普通……これが？」

「いたって普通ですわ」

「昔の普通は、現代の特別なのよ。さ、ルナちゃん食べよう。いっただっきまーす！」

――うわー、たまらん。体と心に染みてくる」

炊きたてのご飯の、甘い香り。そして、できたての料理から立ち上る湯気。目の前の「食」の魅力に、俺の日常が吹っ飛んだ。無意識に腰を下ろし、負けじとメシをかっこむ。棚に入ったまま十年近く存在を忘れられていた食器群が、今、生き返った。

黒い陶器の茶碗《ちゃわん》が米の輝きを引き立てる。ふっくらと甘い米だ。漆塗りの椀《わん》を満たす味噌汁は、滋味深い。具はネギだけだが、それゆえにダシの味が際立つ。濃紺の角皿に盛られた厚焼き玉子は、まるで闇夜に光を放つ月。箸でつまむとぷよぷよと官能的な感触だ。一口含むと弾力が伝わり、じゅわっと玉子の甘さとダシが広がる。そして、海苔がすごい。こんなパリパリ食感、初めて出会った。

作った主を探すと、お櫃の傍らで正座している。

「アヤさんは食べないんですか？」

「はい、女中ですもの。昨晩はご一緒させていただいて、申し訳ありませんでした。みなさまがお済みになってから、厨房でいただきます」

「いや、昔じゃないんだから」

「そうだよ、アヤさん。当主がいいって言ってるんだから、気にしない気にしない」

「そうですか……では、次のお食事からお言葉に甘えさせていただきます。若旦那様、おかわりはどうされますか」

俺の茶碗は空だったが、なんせ朝メシを食う習慣がない。限界だった。

「いや、いいです」

ふと、ルナの行動に違和感を覚えた。米には手を付けず、味噌汁と厚焼き玉子だけを食べている。

「ご飯も食えよ、ルナ」

「………」

「栄養バランスというものがあってだな」

言った瞬間に気づいた。食事中に文句たれるなんて、オヤジと同じじゃないか。俺が一番イヤだったことなのに。背筋が冷えた。

篠原は口から米粒を飛ばす勢いで俺に話しかけた。

「あたし今日仕事休みなの。博物館は月曜休館だからさ。ルナちゃん連れて、市役所に行ってくる。夏休みが終われば学校でしょ。転入手続きと、転校手続きもしなきゃ。必要なこと、教えてもらいに行くよ」

そうか、忘れていた。世間の子どもはそうなんだ。

「いや、俺が連れていく。一応保護者だし。今日はなんとか休ませてもらえるようにする」

篠原が挙手した。

「あたしも行く！　アヤさんも行こうよ。現代の宇都宮見学にさ」

確かに、ルナと二人きりというのは、どう接していいか分からない俺には気が重い。

篠原の申し出を受けることにした。

長屋門の外に駐《と》めてある俺の愛車は、軽自動車だ。理由は簡単。「自動車税は県税だけど、軽自動車税なら市税！　わが市の職員たるもの、自家用車は軽だ！」と入庁日の新人歓迎会で、酒に酔った市長が力説したからだ。真面目な俺は、初ボーナスで買った中古の白い軽自動車にずっと乗り続けている。ただ、俺の住所は宇都宮市なので、納付した軽自動車税は勤務する桜沼市には入らないのだが。

「まあ、まあ！　自動車！　私、乗るの初めてです！」

「あたしが石庭君の隣で、ルナちゃんは後部シートでアヤさんの横ね」

成人女性陣はわいわい騒ぎながら乗り込んでいく。一人では気づかなかった。軽自動車の空間ってこんなに狭いんだ——。

大谷から宇都宮の街中へは、「大谷街道」で一本だ。街道は宇都宮市街地を貫く「大通り」となり、ＪＲ宇都宮駅へと続く。

わが家から市役所へのルートだと、まずは立岩《たていわ》街道に出る。街道に出てすぐ、後部座席からアヤさんの絶叫が聞こえてきた。

「無い！　全然無いわ！」

ルームミラーには、雨が叩きつける窓にへばりついて外を見つめるアヤさんの姿が映っている。

「何がです」

「トロッコです。大谷石を運ぶのに、トットーってラッパを吹きながら走って……」

「もしかして、昨晩言ってた軌道を走ったんですか？　俺は見たことも聞いたこともないですけど」

篠原は、あっさり言った。

「軌道ってのは、宇都宮石材軌道のことでしょ。廃線になったのよ。鶴田《つるた》駅に大谷石を運ぶ貨物列車もね。昭和何年だったかな、えーと」

「しょうわ？」

「大正の次の元号。確か完全廃線は……昭和三十九年。アヤさんが六十四歳の時ね」

「なんてこと……。ああ、有名な岩山も無くなっている。水墨画のようだったのに」

この光景しか知らない身には、アヤさんの感想は逆に驚きだった。

「そりゃ、何十年も採掘したら、山も無くなるでしょうね」

「人もいません……。あちこちに石工《いしく》さんたちがいたのに」

「今は機械化されているし。ウチみたいに廃業した石材商も多いから」

「いいことばかりじゃないんですね――未来って」

「まだ良くないことはありますよ。大規模な陥没事故はあったし、廃坑跡に産業廃棄物の不法投棄はされるし……」

ため息しか出てこない。

大人になっても、大谷の良さが分からねえよ、じいちゃん。こんな俺が、この地でこの家を継いだって、未来は……。

「まあ、大きな観音様！」

今度は、大谷街道から見える巨大像を見て叫んだ。あの像なら、俺でも説明できる。

「あれは平和観音。数十年前に建てられたんです。遠足ではあの前で記念写真を撮るのが定番で……」

「石庭君、物事は正確に。完成は昭和二十九年で、開眼はその二年後。太平洋戦争の戦死戦没者の供養と、世界平和を祈って彫刻されたのよ」

「太平洋戦争？　また戦争が起こったのですか？」

「あ。えーと。そ、そうねぇ」

篠原が、珍しく慌てた。

「どんな戦争だったんですの？　この間の大戦のような？」

「大戦って、第一次世界大戦？」

俺のつぶやきに、アヤさんは瞬時に反応した。

「第一次？　では、第二次があるのですか？」

これは、どうすればいいんだ。未来をどれだけアヤさんが知って良いものか。大正時代に戻れるかなんて分からない。しかし、もしも戻れたら？　下手したら未来を変えてしまうかもしれない。専門家の意見を訊こうと、俺は横目で助手席を見た。

「おい、学芸員。なんて説明すんだよ、こういう時は」

「あたし専門バカだから分かんない。がんばれ、当主様」

だから「当主」はやめろよ、気が重くなる一方だ。

「アヤさん、とりあえず質問はまとめて日記につけておいてください。後で答えます」

月曜朝の大谷街道、そして大通りの渋滞は半端ない。さらに雨の影響で、土日なら三十分で行ける宇都宮市役所に到着するには、一時間が必要だった。

市役所で必要な話を聴き、あとは帰るだけ——と思ったが、街中を経由してJR宇都宮駅まで歩いてみようと篠原が言い出した。

「せっかく来たんだし、何か食べて帰ろう！　ルナちゃん、何がいい？」

市役所ロビーのソファに、靴を脱いで体育座りしていたルナは、無言で首を横に振るだけだ。

「特にない」

「石庭君は？」

誰かと一緒だと食った気がしないのは、どこだって同じだ。

「つまんないなぁ。そうだ、アヤさんは？」

はしゃぐようにアヤさんは笑った。

「バンバの仲見世はいかがですか？　子どもの大好きな屋台、いっぱいありますでしょう。おからコロッケ、カルメ焼き、おでん——。今でしたら、氷水やミルクセーキも！」

「そんなのあったのか？」

篠原を見ると、困ったような笑顔を浮かべて頬を掻《か》いた。

「バンバ通り――ほら、二荒山《ふたあらやま》神社から宇都宮 城《じょう》 址《し》公園に向かう通りにあったんだよ。昔は、その道の真ん中に仲見世がズラッと並んでたの。宇都宮の浅草って言われてたんだよ」

ファッションビルやテナントビルに挟まれたバンバ通りを、車が水しぶきを上げて激しく往来する。赤い傘を差したアヤさんは、歩道から目の前にそびえる神社を茫然と眺めていた。大きな鳥居、本殿への九十五段の石段。

「あんな賑《にぎ》やかだった仲見世が跡形もない……。でも明神様だけは、変わらずですね」

「明神様？」

篠原は濡《ぬ》れるのも構わず傘を閉じて、神社を拝む。

「二荒山神社の昔の愛称だよ。今は『ふたあらさん』って呼ぶ人が多いけどね。宇都宮の中心にそびえる歴史ある神社だもの、もちろん健在だよ」

神社の前を東西に走る大通りを見て、アヤさんはつぶやいた。

「こんなに道が広くなって、自動車がいっぱい――。砂利道を荷馬車が行きかって、馬糞《ばふん》がたくさん落ちてたのに」

大通りを東に進むと、やがて宇都宮駅にぶつかる。俺たちは、駅に向かって歩いて行った。

「アヤさんの時代だと、蒸気機関車よね。列車を降りてから、どうやって大谷まで来たの？」

「停車場《ていしゃば》を出まして――」

「停車場？」

首を捻《ひね》る俺に、篠原が間髪を容《い》れずに言った。

「駅を昔はそう言ったの。栃木方言で『てんしゃば』って言う人もいたけど」

「人力車《くるま》で材木町まで、そこからは宇都宮石材軌道で大谷に参りました」

篠原の顔がパアッと明るくなる。

「その路線は、人車客車だね。人が車両を押すの」

「信じられん……」

しかし百年も前なんて、考え方そのものが違うのだろう。ひとつ、疑問が湧いてきた。

「おい、学芸員。なんで材木町が終点なんだよ。どうせなら宇都宮駅に接続すればいいだろ」

歩きながら、篠原は遠い目をする。

「検討はされたけど、宇都宮停車場近辺なんて人や馬で混雑しているでしょ。安全面が心配だって断念したらしいよ。ま、諸説あるけどね。新しい事業には、どうやったって反対というものは生じるんだよ」

ふと、目の前の大通りに人や馬が溢れている光景が現れた気がして、頭をぶるぶる振った。

二十分ほど歩くと大きな橋があり、その向こうに三階建ての建物が現れた。篠原はバスガイドのように右手を横に出した。

「右手をご覧ください。左手でも同じですが。悠久の流れ、田川《たがわ》でございます。上に架かるのは『宮の橋』。明治十九年に駅と市街地を結ぶために架けられたのが最初でございます。全長約五十メートル。幅約四十二メートル」

アヤさんは欄干まで走ると、落ちそうな勢いで川を見下ろした。

「誰もいませんわ、川に……」

「普通いませんよ」

田川に人がいるなんて、遊歩道で犬の散歩かランニングをしているか、護岸工事くらいだ。

篠原は首を横に振った。

「昔は、市民が舟に乗ったり洗濯したりしてたの。正面をご覧くださいませ、橋の向こうにそびえるのが、宇都宮駅でございます」

「ビルディングみたいですわ」

「アヤさんのころの駅舎は、二代目か。宮大工が建てた壮麗な建物だったらしいよね。

ああ、あたしも大正時代にタイムスリップしたいな。そして、宇都宮駅や田川や、バンバの仲見世を見て、買い食いするの。……お腹《なか》減ったねぇ」

街中に戻り、神社のはす向かいにある「喫茶タロウ」という店に入った。昭和の雰囲気に満ち満ちている。コインを入れる星占いのマシンなんて、久々に見た。

「ここで夏に登場するかき氷がウマいの！　なんと日光天然氷で、一つ八百円！」

騒ぐ篠原にメニューを渡されると、アヤさんは目を見開き、わなわなと震えた。

「こんな高級なお店……。総理大臣の月収が千円ですよ……」

「現代は貨幣価値が違うの。その分月収も上がってるんだし、気にしないで。オススメは梅シロップ。珍しいでしょ、自家製なんだって。ルナちゃんは何食べる？」

ルナは無言で、アヤさんが持っているメニューの中の「おにぎり」三百五十円を指さした。

ふと見ると、隣の席で老夫婦がそれを食べている。白い平皿に二つ、一つはごま塩、もう一つは海苔が巻いてあり、申し訳程度のタクワンが皿の隅っこに添えてある。

てっきり、ルナは米が嫌いなのかと思っていたが……食えるのか。

「石庭君は？」

篠原が掲げるメニューの中から、適当に指さした。

「ジンジャーエールで」

「お腹減らないの？」

みんなで食べるのが落ち着かなくて、とは言えなかった。

やがて運ばれてきた巨大なかき氷に恐る恐るスプーンを挿し、アヤさんはおずおずと口に運んだ。

「まあ！　鳥の羽みたい。こんな氷、食べたことありませんわ……」

「この『ふわふわ』にするにはね、氷の温度管理と削り方と、マシンの刃の調整が重要って、店主さんが前に言ってた。ああ、梅の酸味が効くね」

「く、崩れてしまいます」

「頂点に穴掘って、そこにまわりの氷を落とし込みながら食べるといいよ。はい、ルナちゃん！　ゆかりんの大谷石採掘方法レクチャータイムだよ。まず、高い所に掘り口を開けて、下に奥深く掘って行くのが平場掘り」

篠原はものすごい勢いで、自分の氷を頂点から下に食べ進めた。

「でもって、横に掘っていくのが垣根掘り」

氷山の山腹にスプーンを挿し、「横穴ができたら平場掘りで下に行くの」と言いながら怒濤《どとう》の勢いで食べる篠原を、ルナはエゾリスのように頰を膨らませ、おにぎりを咀嚼《そしゃく》しながら眺めている。

おにぎりはそんなに食べるのに、なんで今朝は米を食わなかったんだろう。

口に出しそうになったが、オヤジの再来になってしまう。俺がためらっているのを察したんだか知らないが、篠原はあっさりと言った。

「ルナちゃん、実はお米好きなの？　おうちで食べないのは、なんで」

しばらく無言で咀嚼していたルナは、グラスの水を飲んだ。

「……た」

「ん？」

「……った」

「ルナちゃん、ごめんね。ゆかりん耳掃除サボってるから、よく聞こえないんだ。大きい声でしゃべってくれると、嬉《うれ》しいな」

「割っちゃったの！」

声のでかさに、俺はグラスを落としそうになった。慌てて隣の老夫婦に頭を下げたが、二人は温かい笑みを浮かべていた。できた人たちだ。

篠原は肝が据わっているのか、笑顔を崩さないままルナを見つめている。

「そっかぁ、割っちゃったんだ。何を？」

「あのおじさんの、お茶碗！　そしたら怒ったの。ましこやき、高いやつなのにって……」

単語が俺の頭の中で、漢字変換された。

「ああ、益子焼か。そりゃ割れるだろ。陶器だし」

「スゴい怒った。そんな子、いらないって。益子焼の方が大切だって」

「あのジジイ……自分が益子焼のタヌキみたいなクセして……。でも、ウチにはないぞ、益子焼」

「何言ってんの、あるじゃないのよ。いっぱい」

篠原が呆れたように言った。

「どこに」

「今朝、みんなが使った茶碗は益子焼！　百年厨房にも」

思いつかない。どれだ。

家に戻り、百年厨房で篠原が指さしたのは、炊事台の脇にある大きな水甕だった。

「これが益子焼ね。赤い柿釉《かきゆう》に黒釉の流しがけの縦縞《たてじま》。四斗甕《しとがめ》というの。大正時代、関東地方の民家の台所には必ずと言っていいほど、この益子焼があったのよ」

「初めて知った」

「郷土のことを知らなすぎだよ、石庭君。益子町は、栃木が誇る陶芸の里なのに……」

　アヤさんが、嬉しそうに両手を合わせた。

「では、今の益子は栄えているのですね。良かったわ。上野の美術学校の先生が、不景気の影響で益子の陶工さんは生活が苦しくて、農家や橋梁《きょうりょう》工事のお手伝いに行っているって、お話をしていましたから」

　篠原の目が輝きだした。

「おっ。今の東京藝大《げいだい》だね。アヤさん、顔広いなあ」

「私、東京の谷中《やなか》のモデルあっせん所で少し女中をしましたの。それで……」

「……モデルあっせん所？　画家相手の？」

「ええ、『モデル婆さん』って有名な方がいまして。もともとはご自分でモデルをやっていらしたんですが、飽きて、美術学校の学生さんや先生向けに、美人を集めてモデルのあっせんを始めましたの。私が知ったのは、その方の死亡記事を新聞で読んだからなんです。モデルあっせん所って、どんな生活なのかなと女中志願で訪問しましたら、モデル志望と間違えられまして……」

「そりゃ、アヤさん美人だしね！」

「出てきた男性に、いきなり言われましたの。『裸になれるか』って」

「え！」

俺と篠原の絶叫が重なった。

「モデルは裸が商売だと言われました。着衣は日本画にホンの少し需要があるだけで、西洋画はほとんど裸体なんですって。でも、忙しい時は一日三軒くらい声がかかるから、不景気知らずの良い職業だというお話でしたわ」

「そ、それで裸に、違う、モデルになったんですか？」

声が昂《たかぶ》っているのが、自分でも分かる。

「いいえ。しばらく見つめられて、肉付きがよくないので、モデル向きじゃないねと言われました。血色の美がすべてなんですって。それに私は――」

それに？　それにって、なんなんだ。

アヤさんは一瞬真顔になり、すぐに笑顔を作った。

「いいえ、私は女中志願でしたので。ふふ」

「そ、そうですか」

なんだ、この気持ちは。安堵《あんど》か落胆か。

洗って手ぬぐいの上に伏せてあった壺を、篠原は手に取って眺めた。

「ここにあったこの壺も、益子焼だよ。明治の終わりごろまで、益子焼は東京でよく売れたのよ。でもね、当時の益子焼って木炭の使用を前提としていたから、都市ガスの高熱に耐えられないの。燃料が変わっていくに従って、販売不振になっちゃったのよね。ところが大戦後の不景気もあってどん底の時に、関東大震災が起きたの。都会の台所用具がことごとく失われちゃったでしょ。それで需要が急増……あ」

篠原が『しまった』という顔で横を見た。立ちすくむアヤさんからは、笑みが消えている。

「やはり、そんなにひどい地震でしたの？」

俺と篠原は、顔を見合わせた。

「教えてください ます？　どのくらいの被害だったのか。私がここに飛ばされるくらいですから、ひどかったのでしょう？」

「アヤさん……。はっきり言うから、受け止めてね」

篠原は、アヤさんの両肩に手を置いた。

「明治以降、今に至るまで日本に最大の被害を出した震災って言われている。揺れも相当なもんだけど、火災もね……。十万人以上が亡くなった。アヤさんの家族や知り合いがどうなったかは、今では調べようがないと思う」

「そんな……みんな……」

アヤさんの目は俺たちを見ていない。思い出の中の人々をたどるように、視線が通り過ぎていく。

「生き延びたとしても……今では、誰もこの世にいませんわね。なんで、私だけ……一人で、こんな……。戻りたい。……戻りたい、戻りたい。帰りたい……」

口を押さえてアヤさんは座り込んだ。泣き出しそうになるのを必死にこらえている。

ルナが、抑揚のない口調で言った。

「ほら、やっぱり帰りたいんでしょ。アヤさん、言ったのに。ルナと一緒に頑張るって。友達になろうって。嘘《うそ》だったんでしょ。大人って、みんな嘘ばっかり。お母さんだって、ずっとルナといるって言ってたのに。あのおじさんだって、ルナを守るって言ってたのに」

うるんだ真っ赤な目で、アヤさんはルナを抱きしめた。

「ごめんなさい、ごめんなさい、ごめんなさい……。私、バチが当たったんだ」

篠原は、ルナの頭をポンポンと叩いた。

「安心して。ゆかりんはずっとルナちゃんのそばにいるよ」

ルナの冷めた目は、自身を守る盾のようにも見える。篠原はその盾を貫くような輝く笑顔を作った。

「だって、ゆかりんは意地でもこの家と蔵を手に入れるんだもん」

「渡さねえぞ！」

と言いつつ気づいた。昨晩、篠原が「ルナちゃんのことを考えて。アヤさんは、いつ大正時代に戻ってしまうか分からない」と言った時。俺にだけ囁いたのは、ルナの耳に入らないようにしていたのか。

ただの専門バカじゃないんだな。ちょっと見直した。

篠原は頭をボリボリ掻きながらしゃべり続けるけど、声色は優しい。

「アヤさんも、そりゃ不安だよね。でも、きっと何か意味があるんだよ。この時代、この時に飛ばされてきたのはさ。時の神が選んだ、何かが」

「だって、私なんて普通の……女中ですわ」

ふと、思い出した。今朝、篠原が言ってたことだ。

「アヤさん。朝話したじゃないですか。昔の普通は、現代の特別だって」

「特別……私が……」

絶望に打ちひしがれていた顔に、希望の風が吹いたかのようだ。何度か瞬きし、涙を浴衣の袖でぬぐい、勢いよく立ち上がった。

「私、ここで頑張ります。みなさまのお役に立てるように」

雨が上がったのだろう。太陽光が百年厨房内に差し込んで、俺たちを照らし出す。

そして——腹の音が鳴り響いた。音の主の篠原が、腕時計を見て叫んだ。

「やだ、もう一時だよ。かき氷だけじゃなくて、何か食べればよかった」

心底悔しそうに地団太を踏む。大人なのに、ここまで感情表現できるって羨ましい。

アヤさんは、深く頭を下げた。

「私からのお詫《わ》びですわ。『楽しいご飯』を作らせてくださいませ」

楽しいご飯？　なんだそりゃ。

「若旦那様。この壺、私にいただけます？」

例の壺を抱えて、アヤさんは俺を見る。

「なんで！　そんな傷んでるのに」

「だから、いいんですの」

いたずらっ子のような笑みを浮かべて、アヤさんは壺を抱きしめた。


俺、篠原、ルナは大きな庭石に座り、アヤさんの作業を眺めていた。百年厨房の前にある松の枝に、紐《ひも》で壺を吊るしている。壺は厚い板で蓋をし、真下に積んだ薪に火をつけた。

壺の中には、俺たちが草むしりをしている間にアヤさんが研いで浸水した米が入っている。

篠原は膝に頬杖《ほおづえ》をつき、うっとりと壺を眺めた。

「いいよねぇ。益子焼。素朴な雰囲気が大好きだよ。小学校四年の遠足って、益子だったよね？　ロクロ体験したでしょ。石庭君は何作った？」

「全く何の記憶もない」

集団行動が大の苦手の俺には、遠足は苦行でしかなかった。体育祭も学芸会も思い出したくない。卒業アルバムでさえ、思い出と共にさっさと捨ててしまった。

「あたしは茶碗。アメーバみたいな形になったけど」

「すげえ分かる」

「私は、絵付け——の筆に興味があるのです」

壺の底を舐《な》める炎を眺めながら、アヤさんはつぶやいた。

「でも、絵筆が……。文豪の先生に教えていただきましたの。陶画の絵具って鉱物体で重いそうです。普通の筆ではうまく描けないから、自作するのですって。材料がスゴイのですよ。犬がケンカする時、首すじの毛が逆立ちますでしょ？　その毛をハサミで切り取って作るんですって。しかも、赤犬の」

「へぇ！　石庭君、このあたりに赤犬飼ってる人いない？」

「知らん」

メシが炊けるまで暇だなと思っていたが、炎があると見入ってしまう。みんな無言で眺めているが、それぞれの脳裏に到来するのは全く別の物だろう。篠原は傍らに座るルナの頭をポンポンと叩きながら言う。

「ねぇ、ルナちゃん。今度益子に行こう。みんなでロクロ回して、自分のお茶碗作ろ

「うよ」

「いらない。どうせ割れるもん」

ルナは炎を眺めながら言った。燃え上がる赤はまるで怒りのように、瞳を染めている。

「……お母さんが、新しいお父さんだよって男の人連れてくると、最初はやさしいけど、ずっといるようになると、みんなルナのこと怒った。かわいくないとか、言うことをきかないとか。だったら、はじめからいない方がいい。お茶碗だってそうだもん。割れるんだから、ない方がいいよ。そしたら、イヤな思いしないで済むじゃん」

誰も、何も言えなかった。

「……できましたわ」

重い沈黙を破るように立ち上がったアヤさんは、壺を吊るしていた紐を切った。篠原が抱えていたお櫃に炊けたご飯を移し、空になった壺をルナに示す。

「この壺、割ってくださいな、おルナ様」

ルナは大きく首を横に振った。その丸く開いた瞳からは怒りが消え、脅えがある。

「やだ……割ったら怒るもん」

「割っていいこともあるんですよ。さあ」

アヤさんはルナの手にミトンをはめ、二人羽織のようにルナの手を取った。

「おルナ様、思いきり投げますよ？　せーの！」

鈍い音と共に壺は地面に叩きつけられ、いくつかのカケラに割れた。

割れた壺を指さし、アヤさんはあっさり言った。

「このカケラに、ご飯を載せて食べますの。お上品とは言い難いですが」

唖然《あぜん》とする俺たちを見て、笑いかける。

「料理名は『壺飯《つぼめし》』です」

「名前まであるのか」

大きなカケラをいくつか拾い、厨房で洗ってくると、アヤさんはそこにご飯をよそった。

万が一、ケガをされては困る。魔窟のような物置から軍手を探し出し、全員に渡した。

篠原は半信半疑の顔をしていたが、壺飯を一口食べて一転、歓喜の輝きに満ち溢れる。

「何これ、おいしい！　どこで知ったのよ」

「モデルあっせん所で女中をしていました時、美術学校の先生が教えてくださいましたの。仲間の方たちと山に写生に行く時は、お昼はこれなんですって。私も一度、連れて行っていただきました。忘れられない体験ですわ」

篠原の毒見が済んだからには大丈夫だろう。俺も、恐々と一口含んでみた。

「！」

壺で炊きあげたばかりの、白銀のような輝き。食感はほっこり。咀嚼するごとに滋味深さが広がる。

アヤさんは足元に落ちていた木の枝を拾い、指揮棒みたいに振りながらリズミカルに語った。

「先生方は、山に登りながら沢の水でご飯を研いで、箸は木の枝を切り出して作りましたのよ。途中キノコを摘んで、残り火で焼いてご飯に載せて食べましたの」

「全部楽しそう！　でも、今の世の中じゃ無理だね。衛生面も、安全面も」

篠原は、切ない顔でカケラを眺める。アヤさんも手を止め、枝を地面に戻した。

「壺を割る時も、先生方はご飯が入ったままで割ったのですが——さすがに破片が怖いですものね。おルナ様もいらっしゃいますし」

ルナは、アヤさんの話もカケラの碗も珍しいんだろう。壺を割った高揚感もあるのか、自分の手にある壺飯をマジマジと見て叫んだ。

「面白いね！」

ルナの口角が上がっている。これは……笑っているのか。

篠原の頬がひくひく動いている。ルナちゃんが笑った！　と叫びたいのを、こらえているようだ。

アヤさんの顔が、パァッと輝く。

「もっと面白いですわよ。次は、このご飯で『じんごろう焼き』を作りましょう」

「ああ、塩原《しおばら》名物！」

目を見開いて、篠原は叫んだ。

「甚五焼き、とも言うよね。山の神にお供えする料理。山仕事をする家庭で作るんだけど、今じゃ現地でも食べられる場所ほとんど無いよ。なんで知ってるの？」

「去年の秋、温泉で仲居の仕事をしましたの。宿の奥様に教えていただきました」

「なんでまた、わざわざ塩原まで」

俺は半ば呆れて訊いた。交通機関が発達してない大正時代に東京から栃木県に、しかも山奥の塩原温泉に行くなんて大変だったはずだ。いくら俺だって、それくらい分かる。

「塩原温泉には、有名な文豪の先生方がよくお籠りになるので、興味……憧れがありまして、一週間ほど。あら、ダメだわ。ジュウネ味噌が無い。エゴマを使って作るのですが」

「エゴマならあるぞ。オラ、エゴマ作ってんだ」

塀の上に、ヨシエ婆が顔を出していた。

百年厨房で、アヤさんは千手観音像のように手を動かして、次々に作業を進める。

今度は、すりこ木を手にした。

「先ほど煎りましたエゴマを、すり鉢ですります」

厨房の中には、七輪で煎った香ばしいエゴマの香りが充満している。

ルナに炊事台の前ですりこ木を持たせ、アヤさんは、自分の手をその手に重ねた。

「いいですか、水と砂糖を加えながら、トロトロになるまですりますよ……はい、もう大丈夫。今度はお味噌を入れてすり続けます……そうそう」

「アヤさん、ご飯を成形するんだよね」

篠原が、ボウルに移したご飯を指さした。

「はい。平たい三角形に」

俺と篠原が手伝うと前方後円墳の形になるので、アヤさんとルナに任せた。

「今作りましたエゴマ味噌を、この三角ご飯に塗ります……そしたら、竹串に刺してくださいね。あとは炭で炙ってできあがりです」

俺たちは竹串を持って七輪にかざし、何度か裏表を返した。炙られる味噌の色の変化に見入ってしまう。さっきの炎とはまた別の引力があるようだ。

「みなさま、もうよろしいのでは」

カマドで鍋に向かっていたアヤさんは、香りの変化に気づいたのか、俺たちに声をかけた。

もう待てない。ウマそうな香りに、その場でかぶり付いた。

炭火で香ばしく焦げた味噌は、思ったほど甘くない。キリッとした感じだ。焦げ目をカリッと音をさせて噛《か》むと、味噌と一体になったご飯の甘さが、口の中に広がっていく。確かに、こんなものを供えられたら、神様も願いを叶《かな》えたくなるかもしれない。

いや、無神論者の俺が、何を考えてるんだか。

アヤさんは残ったご飯をちらりと見ると、小首を傾《かし》げた。

「若旦那様、朝食は軽い方がよろしいのですか？」

「は……はい。基本的に食べる習慣がないから」

「じゃあ、これはいかがですか」

アヤさんはささっとネギを切って水に晒《さら》し、七輪で海苔を炙り、揉《も》みほぐした。茶碗に軽くご飯をよそい、水を切ったネギと海苔を載せ、鍋で作っていた何かをかける。

これで三杯目のご飯になってしまう。ヤバイと思いつつ、目の前の素朴な魅力にためらいが吹き飛び、茶碗を受け取ると立ったまま口に運んだ。

辛みがほどよく抜けたネギと、海苔のシンプルなコンビネーションに、醤油《しょうゆ》風味が絡んでくる。ただ、それだけなのに……。

「これは……何なんです」

「『源氏飯《げんじめし》』と言いますの」

炊事台の脇に控えるアヤさんは、手をしゃかしゃかと動かした。まるで、抹茶を点《た》てるような動きだ。

「昔から茶人の間で食べられるものだそうです。茶道がご趣味でいらっしゃる音楽家の家で女中をしました時、教えていただきました」

「どんだけ女中経験があるんですか！」

「アヤさん、あたしにも！」

ドンブリを渡して叫ぶ篠原に、アヤさんは笑って大盛りを作る。篠原は箸で一口含むと、そのまま凍り付いてしまった。

「究極なまでにシンプルなのに、こんなにも心に染み入る……俳句の名句みたい」

「簡単ですのに、恐縮ですわ。ご飯に晒しネギと揉み海苔を載せて、蕎麦《そば》醤油《しただじ》をかけただけですの」

篠原はカマドに駆け寄って、鍋の蓋を外して覗き込む。

「蕎麦醤油？　初めて聞いた。めんつゆみたいなもんかな」

「かつおぶしの煮出しと、みりんと醤油と砂糖があれば、すぐできますのよ」

「飲んだ後の締めに最高！　居酒屋で出せばいいのに。これぞまさに大人の『楽しいご飯』だわ」

今度はルナが自分の茶碗を水切りカゴから取り出し、アヤさんに差し出した。

俺だけでなく、アヤさんも篠原も目を丸くした。アヤさんは平静を装い、その小さな茶碗にも源氏飯を作ってやった。

「おいしいねぇ！　楽しいねぇ！」

目を輝かせながら、ルナはパクパクと口に運ぶ。

「アヤさん、オラにもくれや」

ヨシエ婆も自分の家から茶碗を持ってきた。アヤさんは鼻歌を歌いながらヨシエ婆の分を用意し、篠原は博物館の研究紀要のテーマを「栃木の楽しい郷土料理～ご飯編～」にするんだと張り切っている。

俺は、戸惑っていた。なんだ、初めて感じるこの気持ちは。

心が浮き立つ。みんなで食べるこのメシに。分かち合うこの時間に。

これが――「楽しいご飯」というものか？

いや、何を油断しているんだ、俺は。頭をぶるぶると振り、今までの自分に戻るべく努めた。

そうだ、一つだけ言っておかねば。非常に重要なことだ。

「アヤさん、明日からの朝メシ、俺の分は源氏飯でお願いします」

「はい！」

アヤさんは、嬉しそうに大きくうなずいた。

朝起きるのが楽しみです、と言いそうになって、慌てて言葉を飲み込んだ。視線を逸《そ》らすと、厨房の隅にバケツが見えた。中には、壺のカケラがまとめて捨ててある。

その光景に、昨日の疑問が蘇った。

――あんな壺、なんで置いてあったんだろうな――

まるで、俺たちを「楽しいご飯」に導くために用意されていたようにも感じてしまう。

灰色の世界に花が咲き乱れるように、百年厨房には女性陣の楽しそうな笑い声が響いていた。

第三章　レモンとミルクのサムシング

俺の世界が一変して、約二週間が経過した八月十二日。

三階建ての桜沼市庁舎内に、勤務時間終了のチャイムが流れる。もちろん、俺の配属先であるＩＴ管理課にも。鳴り終わるのを待って、直属の上司の宮田《みやた》係長に夏季休暇申請書を提出した。

「明日の金曜日、休みをいただきます」

定時になると、帰庁を促すためと光熱費節減のため、一斉に冷房が切られる。チャイムのメロディと合わせるようにネクタイを外しながら、係長はぱちくりと瞬きした。

「石庭君が、お盆で休むなんて珍しいねぇ。僕がこの課に来て五年だけど、初めてじゃない？」

確かにそうだ。線香をあげに来る客が煩わしく、盆中は必ず仕事に出て留守にしていた。土日と重なっても、仕事が繁忙期なんでと言い訳して、家にはいなかった。しかし、今年はルナとアヤさんが家にいる。なぜか篠原も。俺がいない間に客が来て、あれこれ詮索されては困ってしまう。ゆえに、家にいなければならないのだ。

申請書に承認のハンコを押し、係長はすでに夏季休暇に入っている八島《やじま》課長のデスクの「未決裁箱」に放り込んだ。

「そうだ、石庭君、君が出した来年度の予算要求書案さ。ほら、庁内ネットワークシステム更新の。課長が、ワケ分かんないからじっくり説明してって。ポンチ絵入りの資料で」

「年度始めから、何度も何度も説明してるじゃないですか」

「そんなこと言わないでよ。僕や課長は、システムなんてワケ分かんないもん。業者任せじゃなくて、職員が構築してメンテしてるんだからさ。君が頼り。歩く庁内システムなんだよ」

桜沼市には数年に一度、一人しか採用されない情報専門職員がいる。難関を突破した貴重な人材の一人が俺だ。しかしこの課のほとんどは、一般事務である行政職として入庁し、異動でこの課に来た職員ばかりだ。ＩＴについてはちんぷんかんぷんの課長や係長をサポートせねばならない。

「分かりました。では、来週」

退庁し、自家用車に乗った。向かう先は、自宅ではなくコインランドリーだ。料理や掃除はアヤさんにお願いできても、洗濯は耐えられなかった。アヤさんは篠原のレクチャーで全自動洗濯機の扱いをあっさりマスターしたけれど、彼女に下着をたたまれるなんて耐え難い。

コンビニでパンと缶コーヒーを買い、服が乾くまでボーッと乾燥機を眺める。それがここ二週間の、俺の夕メシだった。土日も家にいたくなくてサービス出勤していたし。でも、明日からは三食みんなで食べるのか……。

ルナ的には、俺がずっといるってどうなんだろう。ウザいとか思うんだろうか。アヤさんや篠原とは、なんとなく打ち解けてきた雰囲気だけど、俺には全く口を開かない。

気が重いような、何か期待しているような。乾燥機の中で回る洗濯物のように、俺の心にいろんな感情が渦巻いていた。

十三日は掃除と墓への「お迎え」で終わり、線香あげの来客ラッシュとなるのは、十四日だ。案の定、朝から、次から次へと客が来る。

「おはよー！　線香あげに来たよー！」

あの声は、今年の自治会長の関沢《せきざわ》さんだ。俺が仕事に逃げるのを知っているので、必ず朝イチで来るのだ。

と、すると毎年恒例――。

「福島行って採って来たんだよー！」

想定通り。手に持つザルには、茶色のキノコが山盛りになっている。

「去年までは汁作ってきたけどさ。今年は家政婦さんがいるから、このまま持ってきたよ」

「ありがとうございます」

関沢さんが帰っても、玄関を開ける音は全く途切れない。

「大ちゃん！　線香あげに来たよ」

「おはよー！」

「今年は家にいるんだね～」

怒濤の来客が落ち着いたのは正午前だった。アヤさんが盆棚のある大座敷に入ってきたけれど、畳に横たわる俺は体を起こす気力も無く、なんとか声だけ出した。

「お疲れさまです、アヤさん……。お茶淹れ大変だったでしょう」

「あの、若旦那様……。そのキノコは何ですの？」

不思議そうに、盆棚の脇に置いてあるザルを指さした。

「チタケ」

「チタケと聞いてー！」

篠原の叫びが聞こえてきたと思ったら、ものすごい足音と共に現れた。

「わあ、本当にチタケだ！」

「どのようにお料理すればよろしいのでしょう、ゆかりん様。私、チタケなんて聞いたこと……」

「ふっふっふ」

篠原は、腰に手を当てて不敵に笑った。

「それは、アヤさんが栃木県民ではないという証左。チタケはね、歴史ある栃木県民食よ。享保《きようほう》年間に出た『享保・元文《げんぶん》諸国産物帳』にも、下野《しもつけ》国の産物にチタケの名前がある」

俺はヨロヨロと体を起こし、ザルを座卓に置いた。

「オヤジの趣味はチタケ採りだったんで、採りに行くたび『チタケうどん』が食卓に登場したんだ。あまりにも食べさせられて、俺には煮干しレベルの日常的存在だったんだが、ある時、農産物直売所で一パック四、五本入り三千円で売っているのを発見し、価値観が崩れ去った」

「さんぜんえん！」

アヤさんの目が、驚愕《きようがく》のあまりこぼれ落ちそうになった。

「関沢さんはオヤジとチタケ採り仲間だったからな。今でも、盆のころになると山に採りに行って、仏前に供えてくれるんだ」

篠原はチタケを一本手に取って指でいじり、アヤさんに見せた。

「こうやって傷つけると、乳白色の液体が出てくるでしょ。だから『乳茸』でチタケっていうの」

「ゆかりん様、若旦那様がうどんの汁にするっておっしゃいましたよね。どのように？」

「油でナスと炒《いた》めて水入れて、砂糖と酒、醤油で調味するだけ。配分は好みだけど、ナスは絶対必要。チタケとナスは、神聖にして侵すべからずの組み合わせだからね」

「では、お昼はチタケうどんにいたしますわ」

俺は庭の方を指さした。

「やり方が分からなかったら、ヨシエ婆に訊いてくれ。多分、レクチャー代でチタケを請求されるだろうが」

一時間後。中の間の座卓の上には、一升盛りの大ざるに載った冷やしうどん、そしてチタケ汁の入った鉄鍋が登場した。これを、銘々によそうワケだ。

盆棚の冷やしコーヒーの隣にチタケうどんを供え、座卓を振り返るとルナが茫然と鍋を眺めている。

「これは、チタケうどん。ルナ、初めてか？」

無言でルナはうなずいた。胡散臭そうな顔だ。

「俺も食べるのは一年ぶりだな。いただきます」

大ざるからうどんを引っ張り上げ、椀に注いだ汁につけて、思いきりすすりこんだ。

「ああ、チタケだな」

アヤさんは、座卓の脇で小首を傾げていた。

「若旦那様、お食事にあまり興味ないとおっしゃっていましたけれど、目が輝いてますわ」

「チタケは別枠だから」

別に、栃木県民だからというワケではない。実際、県民でもあまり好きではないという人もいる。

オヤジは、オフクロが作る食事だけでなく、外食に行っても、端から端まで食べ物に文句を言った。さらに俺には、なんだかんだと「指導」を入れてきた。しかし、自分が採ってきたチタケが食卓に登場する日だけは、機嫌が良かった。一切文句を言わず、ニコニコとうどんをすする。一年に数日の「俺が安心してメシを食える日」のメニュー。それが、チタケうどんだった。

滋味深いチタケの味を、ナスが吸い上げる。トロトロになったナスを口に含むと、じゅわっとすべての旨味《うまみ》が放出される。そして黒い宝石のような汁をまとったうどんの食感は、どこまでも艶《なま》めかしい。

篠原は、箸を持って悶絶《もんぜつ》している。

「ナスとチタケ、なんて素晴らしいマリアージュなのかしら。『チタケと栃木文化』の企画展をウチの博物館でやりたいな」

「やれば。連日大盛況決定だ。栃木県民しか来ないだろうけど」

ルナは、チタケを口に含んだ瞬間に凍りついた。

「ボソボソしてる……味がしない……」

「あ、あら……。私の作り方が間違ってましたか？　ヨシエさんに訊いたんですが」

「うどんピラミッド」を怒濤の勢いで食い崩す篠原は、箸を休めず言った。

「いいの。ダシがらとなったチタケはオマケだから。チタケの魅力はあくまでもダシなの、ダシ。アヤさんも食べなよ。遠慮しないで」

「いえ、私は……」

篠原は、空になった自分のドンブリを指さした。

「アヤさん。これを食べて初めて、栃木県民になれるんだよ」

「ウソつけ」

「そ、そうですか。では……」

　文字通り一口ほどを椀によそったアヤさんは、おちょぼ口でうどんをすすると、すぐに箸を置いた。口を押さえながら、絞り出すように声を出す。

「土のようなお味で……」

　篠原は、自嘲の笑いを浮かべた。

「栃木県民以外には、ハードルが高いのよ。あたし、大学も院も横浜だったんだけどさ、関西出身のゼミ仲間に『俺の地元じゃチタケ採れても誰も食わないから、栃木に輸出してやるよ』って、からかわれたもん」

「じいちゃんは県外から養子に来たからか、死ぬまでチタケはダメだった。同じ養子でも、オヤジは県内からだし」

「へぇ、石庭君のおじいちゃんもお父さんも養子なの」

「なぜかこの家は、後継ぎが生まれないらしい」

「へ……え？」

　しまった。何を言っちまったんだ。

「来たよ、大ちゃーん！　じいちゃんたちに線香あげ」

　この声は……ついに。

　縁側を見ると、庭に婆さんが来ていた。と言ってもヨシエ婆じゃない。二回りくらい若い、班内の江戸川《えどがわ》婆だ。大谷の「面倒な住民ランキング」で常にヨシエ婆とトップ争いを繰り広げている存在だが、今日はさらに孫娘まで連れている。あの子の名前は紗枝《さえ》だっけ。確か、ルナと同学年になるはずだ。婆さんそっくりのジト目をして、紙パックのジュースをチューチュー飲んでいる。

ヨシエ婆が噂話を十倍くらいに増幅するとしたら、江戸川婆はさらに三捻《みひね》り半くらい加えて歪曲《わいきょく》する。特に家に入れたくない存在の一人だ。

江戸川婆は、家の中を隅から隅まで探る目つきで玄関から入ってきた。俺には、よく分かっている。線香は口実。アヤさんやルナ、篠原を見に来たのだ。

「大ちゃんがその人たち連れて挨拶回りに来た時、ワタシ留守にしてたからさぁ。息子から聞いて、たまげちゃったよ。てっきり、また来てくれると思ってたんだけどねぇ。ちょっと冷たいんじゃないんけ？」

「いやはや、どうも」

あえて反論せずさっさと帰らせる作戦を敢行したが、あっさり失敗した。

「紗枝、その子と一緒に遊んでやんな！」

相手は孫作戦で来たのだ。

「行こう。お部屋見せて」

紗枝ちゃんは強引にルナの手を引いて、大座敷を出て行った。

江戸川婆は盆棚に手を合わせると、目をギラギラと輝かせて俺を振り返った。

「なんだい、真奈ちゃんはどうしてたんだい。ずっと行方不明だったよねぇ」

「諸般の事情がモロモロです」

「それを訊きに来たんだんべな。ずーっと心配してたんだぞぉ」

長尻モードに入った江戸川婆は、テコでも動かない。

「虐待とかニュースになるけどよ、ルナって子は大丈夫だったんけ？」

「美人が二人も一緒に住んだら、大ちゃんの彼女、イヤな顔しねえのけ？」

「家政婦さんに家庭教師だろ？　給料払うの大変だんべ。いくらあげてんだ？」

すでに三十分以上、心をえぐる質問で波状攻撃を仕掛けてくる。もうダメだ。防御ラインは突破され、堪忍袋の緒が切れ——。

「出てけ！」

そう叫んだのは、俺ではない。ルナだ。慌ててルナの部屋である六畳の間にダッシュすると、江戸川婆もピタリとついてくる。三十代の足の速さについてこられるなんて、どんだけだ。

襖を開けると、座卓の上でグラスが倒れて白い液体がこぼれていた。紗枝ちゃんはぽかんとした顔で座り込んでいて、ルナは頰を染め目を吊り上げて仁王立ちしている。

「あら大変。今、片づけますわ」

アヤさんが布巾を慌てて持ってきて、座卓を拭いた。

「どうしたんだよ、ルナ。何があったんだ」

荒い呼吸を繰り返すだけでルナは何も言わない。一方で、紗枝ちゃんはルナを指さしながら騒ぎだした。

「おじさん、聞いて！　紗枝はなんにもしてないのに、ルナちゃんが怒ったんだよ！」

そんなワケねえだろと思う俺の背後で、江戸川婆が怒鳴りまくる。

「大ちゃん、どういう教育してんだい！　客に出てけなんて、失礼だんべな」

大きな手鏡を持ってきて、「失礼なのはお前だ」とその顔を映してやりたい。だが歯を食いしばって耐え忍んだ。

「大変失礼いたしました。どうぞ、今日のところはお帰りください」

「ああ、帰るよ。でもな、大ちゃん。いくら家政婦や家庭教師がいたって、必要なのは、親だかんな、親。厳しく叱ってくれる親。分かってんだろ、大ちゃんなら」

何かが音を立てて、ブチ切れた。

「帰れって言ってんだろ！」

怒鳴って玄関の方向を指さすと、江戸川婆は紗枝ちゃんの手を引っ張って出て行った。

怒りに震える手で、思いきり玄関の鍵をかける。ゾンビのように庭から縁側に這いあがってくるのではないかと危惧したが、江戸川婆はいやらしくあたりを見回しながらも長屋門に向かっていった。

縁側で婆さんたちの後ろ姿を睨《にら》みつけていると、篠原が隣に来て苦笑いした。

「いやあ、スゴイ婆さんだね」

八つ当たりと分かりつつ、怒鳴りつけてしまう。

「分かっただろ、ここの蔵を使ってカフェなんて絶対やりたくない理由が！　毎日あんなのが集団で来て、コーヒー一杯で一日粘って、他人の家庭の噂話をこねくりまわすんだ。冗談じゃねぇよ！」

「うわあああ！」

縁側で泣いているルナの背中を、アヤさんがポンポンと叩いていた。

「お可哀《かわい》そうに。どうなさったんです？」

「そうだよ、ルナちゃん。言っちゃえ言っちゃえ」

篠原に加勢されたルナは、ゲホゲホ咳をしながら手で涙をぬぐった。

「れ、れもんミルク。あ、あの子が持ってきた」

「へ？」

篠原は「ああ」という顔をして、俺を見た。

「栃木のご当地乳飲料だよ。石庭君も現物見れば分かる。れもんと名乗りつつも、レモン果汁は一滴も入ってない」

脳裏に、黄色いレモンが描かれた紙パックのパッケージが浮かび上がった。紗枝ちゃんが飲んでたヤツだ。

「あれかよ」

「そう。去年、栃木のお笑いタレントがネタにして全国的にブレイクしたんだよね。あたし、温泉から出たあとに、瓶入りの飲むの好きなんだぁ」

「甘ったるそうで、俺は飲んだことない」

「ル、ルナが『れもんミルク』を知らないって言ったら、あの子がバカにしたの」

アヤさんはルナを抱きしめて頭を撫《な》で、困惑の顔で俺を見た。

「百年厨房で洗い物をしていましたら、おルナ様がいらっしゃって、『牛乳とレモンちょうだい』と」

「ル、ルナ、自分で作れると思ったんだもん」

「おそらく、紗枝様の前でレモンを入れたら牛乳が分離して……」

「もしかして、それでさらに笑われて、怒ったのか」

ルナは、火が付いたように泣き出した。

どうすればいいんだ。子どものケンカに口出しするなというけれど、俺もブチ切れたし。怒鳴り込んだらモンスターペアレントと言われてしまうのだろうか。俺は伯父だからモンスターオジサンか。

「じゃあ、気分転換しよう！　あした七夕まつりしない？」

篠原のカレンダーはどうなっているんだ。思わず、ツッコんだ。

「なんで盆に七夕なんだよ」

「国立天文台がね、七夕は旧暦でやる『伝統的七夕』を推奨してんの。新暦の七月七日は梅雨が明けてない場合が多くて、星が見えないでしょ。旧暦七夕の日は、『上弦の月』が南西の夜空に輝くの。そもそも中国の伝説では、織姫は『上弦の月』を舟にして天の川を渡り、彦星に逢いに行くんだし。新暦でやったら、織姫の舟が無くなっちゃうじゃん――っていう理由だよ」

言われてみれば、きれいに晴れた七夕なんて記憶がない。

「明日が旧暦の七月七日で、『伝統的七夕』の日なのか？」

「ううん、六日だよ」

「一日違うだろ」

「地域によっては、七月六日の朝に里芋の葉のツユを集めて墨をすって、七夕の短冊に書くの。すると、字が上手になるんだって。で、七日の朝に、飾りを川に流す」

「初耳だぞ。そんなの」

「失われし風習ってやつよ。どうせだから、古式ゆかしくやってみよう」

「里芋なんて植えてないし、習字セットもない」

「筆ペンでいいじゃん」

「古式ゆかしくないだろ！」

我が家には筆ペンも短冊にする折り紙も無い。結局、ルナを連れて篠原が街中の文具店に買いに行った。ファンシーグッズをたくさん買ってもらえたらしく、大きな紙袋を抱えて帰ってきたルナの顔は明るくなっていて、ちょっとホッとした。

線香あげの客が来るのは主に十四日なので、十五日はまったり過ごせる。大座敷の朝食を片付けると、みんなで短冊を作って座卓に並べた。

筆ペンを持ったまま、俺は短冊を見つめる。

「七夕の短冊って何書くんだよ、篠原」

「古式ゆかしい路線なら、『天の川　今宵逢瀬《こよいおうせ》の行末は　幾千代かけてなお契るらん』って短歌とか」

「うわ、面倒くせえ」

「あとは、日ごろの願いごと。あたしは石庭君とさっさと結婚できますように、と」

篠原はそうつぶやきながら、　さらさら書き始めた。

「やめろ！　叶ったらどうすんだよ」

「あれ？　石庭君は無神論者でしょ。気にすることないじゃん」

「じゃあ、俺は『篠原の願いが叶いませんように』と書いてやる」

「無神論者が書いたら、逆の結果になるんじゃない？」

「どうしろってんだよ！」

騒ぐ俺たちに目もくれず、アヤさんは食い入るように自分の筆ペンを眺めていた。

「墨が湧いてくる！　いくらでも文字が書けますわね」

「アヤさんは何を書くのかなぁ」

興味津々といった顔で、篠原はアヤさんの短冊を覗き込む。

「絵付けの筆が手に入りますように」

そう流麗な字で書くと、アヤさんは恥ずかしそうな笑みを浮かべた。

ルナは、小学一年生らしい字で「ハムスターがかえますように」と書いている。

「ハムスターって……ネズミだろ？」

「似てるってだけで、ネズミじゃないから大丈夫だよ」

篠原は俺を見てニヤニヤ笑っている。ルナの願いも叶いませんようにとは、さすがに書けない。

みんなが書き終わり、笹に飾り付けを始めた。不思議なことに、笹と共に俺の心も彩られていく気がする。

飾り終わったルナは、天気が気になる様子で空を見上げた。その視線の先は、見事な曇り空だ。篠原は豪快に笑ってルナの背中を叩いた。

「きっと晴れるよ！　短冊書いたらお腹減ったね。アヤさんもお疲れだろうから、お昼はあたしがコンビニで調達してくる。『れもんミルク』も買ってくるか」

午後には雷雨になった。篠原は縁側でルナと並んで座り、大荒れの空を見上げている。

「大丈夫だよ、夜には晴れるから。明日、織姫様が乗る月が見られるよ」

ルナは食べ物にも飲み物にも手をつけず、ただ空を眺めていた。

座卓で「れもんミルク」を飲み干したアヤさんは、「こういうお味ね、分かった」と独り言を言うと、ぱちりと手を合わせた。

「そうだわ。『れもんミルク』を作りましょう、みなさまで」

俺の記憶の沼から、昨日の事件が浮上してきた。

「無理だろ。牛乳にレモン入れたら、凝固しちまう」

「いいえ、大丈夫な方法があります。果物屋で女中をした時に、奥様に教えていただきましたの。いかがですか、おルナ様……きゃあああっ」

外が「れもんミルク」色に光ったと同時に、切り裂くような音を立てて雷が落ちた。

ルナは篠原に抱きつきながら、何度もうなずいた。

「百年厨房」の炊事台の上で、アヤさんは七輪に火を起こしながらルナを見る。

「とても簡単ですから、おルナ様、頑張ってみましょうね」

アヤさんは水が百ccほど入った鍋を七輪にかけ、温めた。

「まずは白湯《さゆ》を五勺ほど用意します」

沸騰すると、アヤさんは鍋を火からおろして篠原に目をやった。

「ゆかりん様。お願いしたものですが……」

「はいこれね。今、スーパーで買ってきた」

篠原は、レジ袋からチューブ状のものを出した。牛の絵と共に、『コンデンスミルク』と書いてある。現物を見るなんて、小さいころいちごにかけて食った時以来だ。

妹と大騒ぎしながらお互いのいちごにかけた記憶が蘇り、ふとルナの姿を探してしまった。精一杯背伸びをし、アヤさんの手元を興味深々に眺めている。

「おルナ様、こちらのボウルにコンデンスミルクを大さじ二杯入れてくださいな。そうしましたら、白湯を少しずつ注いでいきますから、そのさじでグルグルかき回してくださいね」

ボウルに向かい、ルナは指示に従った。ねっとりしたコンデンスミルクが、だんだんと緩くなっていく。アヤさんはうなずいて、篠原を見た。

「ゆかりん様。この間に卵を割って卵黄を二つ、そのお椀に入れてください」

予想通り、白身と殻と黄身が一体となったまま椀に入った。

「任せて！」

白湯を注ぎ終わったアヤさんが、失敗作から卵黄を別の椀に取り出し、菜箸で溶く。

「私がそのボウルに卵黄を注いでいきます。おルナ様、手を止めないでくださいね」

卵黄が注入されるに従い、白い液体がみるみるうちに色付いていく。

「レモンっぽくなってきた！」

篠原が目を輝かせて、ルナの手元に見入った。

「そうしましたら、鍋にボウルの中身を入れます。七輪にかけますから、固まらないように十分ほどグルグルと、さじをまわし続けてくださいね。おルナ様、頑張りましょう」

ルナは、ひたすらかき回し続けた。七輪の熱に連動するように、顔が真っ赤になっていく。しかし手は止めない。口を一文字に結び、ひたすらに鍋を見つめ、さじを回し続ける。

「すごいねぇ、ルナちゃん。頑張り屋さんだ」

篠原の声にも振り返らず、全力を鍋に注いでいる。しかし、その口元が一瞬緩んだのを、俺は見逃さなかった。

鍋の中を覗いたアヤさんは、ニッコリ笑う。

「はい、大丈夫です。鍋の中身をコップに入れましたら、レモン汁を数滴入れてください」

そう言ってレモンを手早くカットし、ルナに一切れ渡した。

ルナが絞ったレモンは数滴以上入ったが、アヤさんはルナの背中をポンと叩いた。

「そう、お上手ですね。レモンを入れると、コンデンスミルクの乳臭さが抑えられますの。冷やして、できあがりです」

全員分を作り、母屋の冷蔵庫に入れた。その間にも、雨音と雷鳴はますますひどくなっていく。

縁側で体育座りしているルナはしょぼんと下を向いていた。俺はどうしていいのか分からず、篠原に助けを求めようと姿を探すと、中の間の座卓で漫画を読んでいた。

声は出さずロの動きだけで「なんか言ってやれよ」とルナを指さすと、篠原はケラケラ笑う。

「大丈夫だよ、ルナちゃん。夜は長いんだから希望はあるよ。みんなで何かして時間つぶそう！　しかし、テレビ無いんだよね、この家。石庭君、よく耐えられるね」

「壊れたんだよ。三年前に」

「買えばいいじゃん、今どきテレビなんて安いんだし」

「来年の夏、アナログ放送が完全終了するだろ。そしたら、デジタル対応テレビの投げ売りが始まるはずだ。それまで待つ」

「テレビ……?」

ルナの隣で、アヤさんが小首を傾げて俺を見た。

「市役所のロビーにあったでしょう、映像が流れている大画面。覚えてませんか」

「あれですか。活動写真かと思っていました」

「それが、各家庭にあるような感じですよ」

「んまあ!」

「アヤさんの時代は、まだラジオ放送も始まってないもんね」

篠原は、大の字に寝転んだ。

「ああ……。観られないとなると、観たくなる。『家政婦も見た!』、今日新作放送するのよねぇ」

何年か前にちらりと見た記憶が蘇り、背筋を冷たいものが流れて行った。

「俺が苦手なもの第一位だ。家政婦が行く先々でペットを手なずけて、一緒に秘密を覗き見するっていうドラマだろ。えげつない」

「そう、覗き見する瞬間の家政婦の目と、ペットの無垢《むく》な瞳の対比がたまらないの」

「あ~、イヤだ。吐き気が……」

思わず口を押さえた。ヨシエ婆や江戸川婆が家政婦やってるようなもんじゃないか。

「そろそろ冷えたはずですわ！　持ってまいります」

アヤさんはおぞましい話題を変えようとしたのか、ものすごい勢いで立ち上がった。

「あ、そうか。『れもんミルク』！」

慌てて壁時計を見た。もう一時間近く経っている。

四人分の「れもんミルク」が入ったグラスを盆に載せて、アヤさんは戻ってきた。後に続く篠原は、黄色い紙パックをいくつか持っている。

「石庭君、飲まず嫌いなんて言ってないで市販の『れもんミルク』も試してみなよ。実証は大切！　ではいただきまーす。まずは大正時代レシピの方から」

篠原は座卓に座ると、勢いよくグラスを手にとった。

「なにこれ。ウマい！　みんな、早く飲んで」

両方の「れもんミルク」を飲んでみた。今作ったのは、香料ではない本物のレモン味。ミルクセーキに通じるものがある。ノスタルジーを感じるどこか人工的な甘さは、コンデンスミルクを使ったことによるのだろうか。強い甘さを、レモンが爽やかに締める。紙パックの「れもんミルク」とは、親戚関係のような味だ。あえて違いを言うなら、卵黄を使った分、大正レシピの方がまろやかさを感じさせる。感心して、パックの原材料表示をしみじみと眺めた。

「人類の英知はスゴイよなぁ。本物のレモンを使わず『れもんミルク』を作り上げるとは」

　本物を使わず――？

　そうだ、あるじゃないか！　本物じゃないけど、天の川が。

　ふと、ルナを見る。

「れもんミルク」を飲み比べて、「実験」を満喫しているようだ。最初の日からは、信じられないくらい変わった。

　あの「天の川」を見られたら、一体どうなるか。試してみたい。

「よし、明日の朝、俺がみんなに見せてやるよ。天の川ってやつを」

　篠原があっさり答えた。

「分かった、プラネタリウムだ！」

「さて、どうだかな」

　縁側の向こうに見える夕空は、いまだ厚い雲に覆われている。見たくても見られない天の川もあれば、見ようとすれば見られる天の川もあるのだ。

　翌日の午前七時。

「盆送り」をして朝メシを済ませた俺たちは、ヤマに足を踏み入れた。登山道から離れて俺が先頭に立ち、茂る草や木の枝をかき分け進む。

「若旦那様、道を逸れては危ないのでは……」

「大丈夫です。ただ絶対、何があろうと俺の進むルートをついてくるように」

ここから先は、俺だけが――いや、正確にはじいちゃんと、オヤジと俺だけが知っているルートだ。

「なんだろ、冷たい風が……」

篠原が、風が吹いてくる方向を探した。進行方向だ。繁茂する草を払うと、南京《ナンキン》錠《じょう》がかかった鉄格子が現れた。風は、ここから吹いてきている。

「えっ！　洞窟じゃん」

篠原の甲高い声が、闇に吸い込まれていく。

四桁の数字を合わせて錠を外し、懐中電灯をジャージのポケットから取り出した。

「ここは廃坑だ。いいか、先は真っ暗で非常に危ない。俺の背中をアヤさん、アヤさんの背中をルナ、ルナの背中を篠原がつかむようにして、ついて来てくれ」

三人は、黙って言われたとおりにした。いや、篠原は騒がしかった。

「涼しいねぇ！　いや、もはや寒い」

「冬も夏も一〇℃を保っているからな」

これからが本番だ。足を止め、振り返った。

「アヤさん、手を放してください。みんな、そのまま動くなよ」

懐中電灯を頼りに、左右の地面に並べて置いてある十個近いランプに、次々に灯《あか》りをともしていく。

一つ灯りがつくごとに、幻想的な光が闇に広がっていった。

「うわお」

「まぁ！」

「……わぁ」

三人の歓声が輪唱になる。目の前に浮かび上がったのは、湖。そして、陸に置いてある四人乗りの手漕《こ》ぎボートだった。

「石庭君、なにここ！　鍾乳洞《しょうにゅうどう》みたい」

振り返らずとも分かる。篠原は今、飛び出さんばかりに目を丸くして、湖に飛び込む勢いで興奮しているはずだ。

「ここは採掘坑だよ。深く掘ってあるところに、あたりの地下水が流れこんで湖みたいになっている」

準備しておいたライフジャケットとヘルメットをボートから取り出して、いまだに歓声を上げ続けている全員に身に着けさせた。

「いいか？　水に落ちるな、落とすな。水深は十メートルくらいある」

全員がボートに乗ったのを確認し、持ってきたヘッドライトをつけ、オールを漕ぎだした。伸びる光を頼りに、闇の水路を進んでいく。

「石材業を廃業したら、廃坑にゴミを不法投棄されるようになっちまった。そしたらオヤジが怒って、入り口に鉄格子をつけたんだ。両親が亡くなった後、解錠ナンバーのメモをタンスで見つけて、開けたんだよ。探検したら、湖があってビックリした。でもゴミだらけで――。水路を進んでみたくて、暇さえあれば来てゴミを片付けた。何年もかけてな。大学生になってバイトして、このボートを買った。ネットオークションで、ヘルメットとライフジャケットもセットで安く手に入ったんだ」

そう、ここは俺が見つけだして作り上げた、俺のためだけの場所なんだ。

「石庭君、ここはどこにつながってるの。何キロくらいあるの」

「分からん。ボートで行ける範囲は五百メートルくらいじゃないかな」

水が流れゆく先は分からないが、水路はよく分かっている。現実逃避したい時、来てはボートを漕いでいるから。

ところどころ、採光用の穴から光が漏れてくる。それが灯台の役割をする光でもあり、そしてスポットライトでもあった。

「なんて幻想的――」

漏れる光が、うっとりと周囲を見回すアヤさんの姿を照らした。天の川を月の舟に乗って進む織姫みたいだな――なんて、柄にもないことを思ってしまった。

「この世のものとは、思えませんわ」

ボートは完全な闇に包まれた、ある場所に入った。

「もしかして、ここかなり広い？」

ヘッドライトが照らす限られた範囲しか見えない場所を、篠原は一生懸命目を凝らしている。

「その通り。俺は『秘湖の神殿』って呼んでいる」

言ってから、中二病全開のネーミングだなと自覚した。もしも小学生のころに発見していたら、「怪獣のおなか」と名付けていただろう。言ってしまったことにちょっと後悔したが、みんなはそれどころではないようだ。

「ここ、どのくらいの広さなの、石庭君」

「分からん。大学の大講堂くらいじゃないかな」

動きを止め、みんなに提案した。

「川じゃなくて、ここがいいよな。短冊流すの」

ポケットから、全員の短冊を出した。俺がこっそり笹から外して持ってきたものだ。

「いよっ！　演出家だね」

篠原の拍手の中、短冊をみんなに返した。それぞれが暗い湖に手を伸ばすと、願いを夜空が受けとったように短冊は消えていった。

自分の分は、こっそり一枚追加していた。そこに書いてある内容は、誰にも秘密だ。

ヘッドライトを消すと、全くの闇に包まれる。いよいよだ。

「みんな、上を見てくれ」

懐中電灯をつけて、手を動かした。

光が闇を貫く。夜空に現れた彗星《すいせい》のように天を走り、照らし出す。それは——。

「天の川だ！」

ルナの叫び声が宇宙に吸いこまれていった。

石の天井を、蒸発した地下水が水滴となって覆っている。懐中電灯の光を受け、水滴は無数の星となり瞬き始めた。

「本物の天の川より素敵ですわね」

「織姫も号泣だよ。あたしも泣いちゃう」

「ルナにもやらせて！」

初めてルナが俺に声をかけた！　動揺に震える手で懐中電灯をルナに渡すと、歓声を上げながらあちこち照らす。

「あれ？　壁に穴が開いてる」

ルナが手を止めた。光が指す先は、真っ暗闇の空洞だ。

「そう。通路みたいな穴があるんだ」

「石庭君、なんのためのなの？」

「謎。認知症になったじいちゃんをボートに乗せたこともあったけど、あの穴を見ても笑うだけで、何も言わなかった」

穴は天井のすぐ下で、水面から二、三メートル上にある。ボートに乗った状態では、とても手は届かない。

「い、行きたい。せめて、カメラつきのラジコンヘリでもあれば……」

篠原はボートから落ちる勢いで身を乗り出し、ひたすら穴を見つめている。

今度は黄色い光の懐中電灯を取り出して、天井を照らした。

「ほら、今度は月だ。満月だぞ」

「わあああああ」

ルナの歓声が、フェイクの夜空に広がる。

「おルナ様のお名前、どうして月と書いてルナと読みますの？　未来ではそのように変化しましたの？」

珍しく真面目な、篠原の声が響いた。

「ルナって、ローマ神話の月の女神の名前なんだよ。ラテン語で月を意味するの。そこから名付けたんじゃない？」

ルナは、ボソッとつぶやいた。

「——お母さん、『月姫戦士　うさぎプリンセス』が大好きだったから」

「あの、『月に誓って、成敗いたします！』が決めゼリフの少女アニメか！　そういや、ヒロインの名前、ルナだったなぁ」

思い出した。俺と折り合いが悪かった真奈は、家にいる時は手あたり次第にテレビアニメを録画しては、俺を避けるようにそればかり観ていた。それがあいつの現実逃避だったのかもしれない。

この子に「ルナ」と名付けたのは、つらい時を支えてくれたヒロインへの感謝や憧れが込められていたのだろうか。

「ゆかりん様は、『源氏物語』由来ですわよね。『紫のゆかり』」

ははははと笑い、篠原は語りだす。

「そう、母の趣味でね。古典の先生で、やっぱり源氏物語由来で『葵《あおい》』って名前だったの。葵の上みたいに、若くして死んじゃったよ。父は光源氏のように女好きで、最近、あたしより若い女と再々婚した。いや、再々々婚か。つまりは、あたしの実家はもうなくなったようなもの。でもまあ、父の人生だしね。母も、その放蕩《ほうとう》ぶりに惚《ほ》れたらしいから。あたしが恋愛に興味ないのは、その反動かもね」

内容に反して、口調はあっけらかんとしていた。

修学旅行の夜のようだ。枕投げが終わって消灯になると、先生の見回りを息を殺してやりすごし、暗闇の中でなぜか秘密告白合戦になった。俺以外。

「私の『アヤ』の字は、文章の『文』ですの。確かに、文章を書くことが大好きですわ」

「名は体を表すってヤツだわね。石庭君は？」

名前の由来なんて、誰に訊かれても言ったことはなかった。言いたくもなかった。なのに今、どうして口が動いてしまうんだろう。

「当時の市長に、名付けられたんだ」

「さすが石庭家のお坊ちゃま」

「そうじゃない」

懐中電灯を消すと、あたりは漆黒の闇になった。

「戸籍法第五十七条第一項。棄児を発見した者又は棄児発見の申告を受けた警察官は、二十四時間以内にその旨を市町村長に申し出なければならない。第二項。前項の申出があったときは、市町村長は、氏名をつけ、本籍を定め、且つ、附属品、発見の場所、年月日時その他の状況並びに氏名、男女の別、出生の推定年月日及び本籍を調書に記載しなければならない」

息を呑む音が聞こえた。アヤさんと篠原だろう。

「ゆかりん、キジってなに」

「あ、あのだね、それは鳥……ではなくて」

さすがの篠原も動揺したようだ。その言葉を引き取った。

「捨て子って意味だよ。市内の公園で、泣いている俺を通行人が発見したんだ。推定年齢一歳半。市長が『これからは普通の人生が送れるように、普通の名前をつけてあげよう』と、当時の名前人気ランキングで上位の『大輔』にしたんだそうだ」

「……」

「そのまま児童養護施設で育った。今のルナの歳《とし》のときに、子どものいない両親のもとに里親委託されて、そのあと養子縁組。前にも言ったけど、この家って後継ぎが生まれないんだよ」

「でも、石庭君の妹さんは？」

「ビックリだろ。俺がこの家に来た後に、オフクロが妊娠したんだ。医者にも不可能って言われていたらしいから、名前は真奈。マナは、ハワイ語で奇跡って意味だ」

完全な静寂が、俺たちを包んだ。それからどれくらい経っただろう。

「帰るか」

ヘッドライトをつけ、オールを手に取った。

来るたびに思う。この場所は俺自身のようだ、と。旧家を守り、継いでいくためだけに養子にもらわれた。俺に選択肢は何もなかった。ウロコで守られた「怪獣」の固い体の中をただ流れていくだけで、どこへも行くことなんかできない。

怪獣の背中に登っても、そこから先には行けない。変わらない、つまらない風景しか見えないんだ。

「将来は公務員になれ！　安定しているからな。この家を守っていかなきゃならんのだし」

小さいころから言われたオヤジの言葉も、俺の心を縛り付けた。オヤジが死んでも、公務員以外の未来が見えなかった。公務員になったらなったで、どこか窮屈な雰囲気にがんじがらめになる。

今、気づいた。「怪獣」の名前だ。俺を封じ込める、強固な存在。それは「ゴジラ」ではない――「呪縛」だ。

しかし、もがき苦しみながらも、自分の力で開拓したことが二つある。

一つは、行政職ではなく情報専門職を選んだことだ。異動とは関係なく、俺が好きな分野で一生過ごしていけるから。

そしてもう一つは、地下のゴミを片付けて、唯一無二の俺だけのこの場所を作り上げたこと。

闇に見つけ出した天の川は、まさに俺の安らぎなんだ。

そうだ、これだけは全員に伝えておこう。ボート漕ぎで息を荒くしながら言った。

「――施設にいたころ、みんなで大谷に遊びに来て、姿川《すがたがわ》を見たんだ。家の前を流れている川。マリコ先生が『自分の会いたい人の姿を念じれば、神様がその姿を見せてくれるから姿川って言うんだよ』って教えてくれた。それからずっと念じたよ。本当のお母さんの姿を見せてくださいって。でも、いくら頑張っても見えなかった。それ以来、俺は現実主義者になったんだ。神や仏なんか、信じない。超常現象なんて、ありえない」

「そうか……。悪かったね、石庭君」

「いや……」

「でもさ、民俗学芸員のあたしだけど、そんな伝説聞いたことないよ」

「マリコ先生は、なんでもテキトーだったからな」

遠くに見える光が少しずつ大きくなるのは、元の場所が近づいてきたことを意味している。この船旅も、感傷的になってしまった心の緩みも終わりだ。元の俺に戻る前に一つだけ伝えておこう、ルナに。

「さっきの天の川とか、れもんミルクは――本物じゃなくても、別の良さがあるよな。俺はルナと血のつながりはないし、本当の伯父と思ってくれなんて言わない。おじさん的な『何か《サムシング》』でいいよ。ただでさえ知らない家に来てつらいのに、さらに無理して生活するなんて、イヤだもんな」

ルナはまた無言に戻った。

ボートの底に硬さを感じる。着いたんだ。ボートを上陸させ、みんなを下船させた。ルナの手を取って下ろしてやった時、俺の手をギュッと握ったのは——気のせいだったんだろうか。

懐中電灯とヘッドライトは、入り口脇の岩盤に打ち付けた釘《くぎ》にぶら下げる。

「眩《まぶ》しいなぁ」

曇り空であっても、漆黒の闇から出ると眩しく感じる。現実に戻った俺は、さっきの告白を後悔し始めていた。

心は夜空のまま帰宅すると、ちょうど郵便配達のバイクが来ていた。

「石庭さん、郵便です」

ＤＭ《ダイレクトメール》の山を受け取る。アヤさんは、バイクが出ていくのを物珍しそうに見送っていた。

「おルナ様……」

アヤさんは、傍らにいるルナの頭を撫でた。

「もしも、怪しい人に襲われそうになったら、郵便脚夫《きやくふ》さんに助けを求めるのですよ」

「？」

ルナはおろか、俺も篠原も首を傾げた。

「郵便脚夫さんは、護身用に短銃を持っていらっしゃいますからね」

「持ってねぇよ！」

目を見開く俺に、アヤさんは凜《りん》とした声で言った。

「いえ、賊徒対策で持っているはずです」

「石庭君、現代的感覚で論じちゃダメだよ」

脱力感に包まれたが、重々しかった雰囲気がそれでほぐれた。大きく伸びをする。

「さぁて、午後は仕事だ。半休の連絡しかしてないしな。課長にシステム更新の説明しなきゃ」

「何言ってんの、石庭君。せっかくの休みをエンジョイせずにどうする！　一日休んじゃえ。みんな揃っているんだから、何かやろう」

「そうだわ！　みなさまで、甘露梅《かんろばい》作りませんか」

アヤさんは楽しそうに言うが、俺には「なんのこっちゃ」だ。

「オラも作るぞ！」

塀の上に、ヨシエ婆が得意気に顔を覗かせている。

「思い出したぞ。オラ、小さいころ、アヤさんと一緒に作った！」

「おぼえていてくださって嬉しいですわ。昨日、梅の青漬けがあるっておっしゃってましたよね」

「そうだ！　母ちゃんの直伝で、毎年漬けてんだぞ」

「赤紫蘇《あかじそ》の塩漬けは、私がお庭で摘んで仕込んだものがありますわ」

アヤさんは、嬉しそうに両手を合わせる。これからの作業が楽しみで仕方がない、そんな表情をしていた。


「百年厨房」で、アヤさんがカマドに火をいれた。

「まずは、砂糖四斤をお鍋に入れます」

「斤？　食パンしかイメージできないぞ」

篠原が、俺に向けて「六」の指文字を作った。

「一斤は、六百グラムくらい」

「ここに、梅の青漬けを百個ほど入れまして、お水を被せます」

アヤさんが瓶から梅を箸で次々に移す姿は、圧巻だった。そして水甕から、ひしゃくで鍋の中に水を注いだ。梅が隠れるくらいだろうか。

「鍋を火にかけまして、煮立たせます」

沸騰してかき混ぜたと思ったら、鍋を炊事台に下ろした。

「冷めたら、梅を水に入れて塩抜きします。一時間くらいで大丈夫ですわ」

待っている間の女性陣があまりにも姦《かしま》しいので、自室に籠って今日休んでしまった分の資料作りに励んだ。時間を忘れて没頭していると、篠原の声が母屋に響いた。

「石庭君、手伝って！　一粒ずつ、布巾で水気を取るんだってさ。キッチンペーパーちょうだい」

百個近い梅を拭うにつれ、ペーパーは山となっていった。

「結構大変だな」

こういう細々とした仕事は苦手だ。眼鏡を外して額の汗を拭うと、アヤさんと目が合った。優雅な所作で口に手を添え、ふふと笑う。

「若旦那様、これからがいちばん大変ですのよ。それでは、みなさまが拭いてくださった梅を、一時間ほど干します」

「干し」が終わると、夕方になっていた。盆棚が片付けられてスッキリした大座敷に移り、座卓に塩漬けの紫蘇と、天日干しした梅を広げる。

アヤさんは正座すると、俺たちの顔をキョロキョロと見回した。

「それでは、梅を紫蘇で巻きます。ただ、大変なので役割分担しましょうね。紫蘇の葉の骨を抜く方、梅を割って種を取る方、紫蘇の葉を伸ばす方……。そして、伸ばした紫蘇に梅の実を入れて包む方です。これがいちばん大変なのですが」

「はい！　あたし、梅割り担当希望。いちばん楽そうだし」

「楽なのは俺がやる」

睨み合う俺たちを見て、アヤさんはクスクス笑った。

「この『甘露梅』って、実は昔の吉原《よしわら》名物なんです。吉原遊郭で働いた時に教えていただいたのですが……」

「吉原遊郭ぅ！」

俺と篠原は絶叫して、二人揃ってアヤさんをまじまじと眺めた。花魁《おいらん》姿のアヤさんが脳裏に浮かぶ。

察したのか、アヤさんは慌てて首を横に振った。

「ち、違います。お針子です。花魁じゃありません」

「ああ、ビックリした。あたし花魁姿を想像しちゃった」

豪快に笑う篠原の隣で、少し落ち込んだ。俺たちは同類なのか。アヤさんは、遠い目をしながら言葉を続けた。

「私が桂庵の番頭さんに連れて行かれたのは、西洋館ではない昔ながらの妓楼でした。稲川楼というのですが——。年配のお内儀《かみ》さんが、思い出話をしてくださいましたの。江戸時代のころ、吉原の芸者さんたちが、引手茶屋《ひきてぢゃや》にこれを誂《あつら》えに行ったのですって。若い妓《こ》から順に、紫蘇の骨を抜く、梅を割って種を取る、紫蘇の葉を伸ばす、紫蘇に梅の実を入れる……と係を割り当て、いちばんの『姐《ねえ》さん』が巻いたそうです。この

『巻き』がうまくできれば、晴れて吉原の大姐。『梅巻の　紫蘇が伸びれば　顔に皺《しわ》』……という句があるほど。稲川楼では昔を偲《しの》んで甘露梅を仕込み、ご所望の御贔屓《ごひいき》さんに召し上がっていただいたのですって。もう私、興味津々で。ちょうど仕込みの時だったので、お内儀さんにお願いして、一緒に作らせていただきましたの」

　ヨシエ婆は、竹串をシワシワの親指と人差し指でつまみ、転がした。

「器用なアヤさんは――あの時、きれいに巻いてたなぁ。まだ小さかったオラは、梅割りしかできなかった」

　結局、俺が紫蘇の葉の骨――葉脈を抜き、ルナが梅を割って種を取り、篠原が伸ばした葉の上に梅の実を置き、アヤさんとヨシエ婆が串を使って、クルクルと巻いた。

「そう、そのように『姉さん被り』のように巻くのです。ヨシエさん、すっかりお上手になりましたね」

「オラ、あの時うまく巻けなかったのが悔しくてなぁ。なんせ、母ちゃんに甘やかされるまま、家事なんか手伝いもしなかったからな。あれ以来、アレコレ真面目にやるようになった。炊事、裁縫、畑仕事……」

　ヨシエ婆は手を止めて、手元の梅巻をまじまじと眺めた。

「梅巻の　紫蘇が伸びれば　顔に皺――か。よく言ったもんだな。紫蘇をピン！　と皺無くきれいに巻けるようになったオラは、もう婆ってことか」

「あの時のヨシエさんは、今のおルナ様くらいの年頃でしたもの。この美しい梅巻を見れば分かりますわ。たくさんの努力や苦労をしていらしたのですね」

「ヨシエちゃんってさ、ずっと独身？」

手りゅう弾を投げたのは、篠原だった。一同が凍りつく。

そのまま爆発するかと思ったが、意外にもヨシエ婆は大笑いした。

「婿に来た男がいたような気もするが、昔すぎて忘れたなぁ。今はこうして大笑いできてる。なーんにも問題ねぇな。ただ、オラが死んだら、家はどうすっぺなぁ。そうだ、オラ家《げ》に養子に来て、園田の家も継げ！　そしたら、敷地が二倍だぞ」

「何言ってんだよ。固定資産税が倍になる。稼ぎは変わらないのに」

「ダメ！　巻けない！」

ルナが、竹串を放り出した。知らない間に梅を巻いていたらしく、ぐちゃぐちゃの物体ができあがっていた。

「大丈夫ですわよ、おルナ様。ヨシエさんくらいのお歳になるころには、きれいにできますわ」

ルナは、イヤそうな目でヨシエ婆と梅巻を見比べた。

「その梅巻も仕込みに使いましょうね。はい、これで全部巻きました。さっき溶かした砂糖水に入れます」

アヤさんとヨシエ婆は、梅巻を次々に瓶の中に入れていった。

「はい、とりあえず終了です」

全員が歓声を上げながら拍手をした。

気が抜けたのか、空腹に気づいた。考えてみれば、今日はいろんなことを頑張りすぎた。

「アヤさん。甘露梅、一つ食べてもいいですか」

「いいえ、残念ながらまだ完成ではありません。このあと、梅巻だけを取りだして冷暗所にお正月くらいまで置きますの」

「そんな先なんですか」

ヨシエ婆は目をカッと見開いた。

「思い出したぞ！　あの時、せっかく手伝ったのに、オラは食えなかったんだ。そうだ！　大輔のじいちゃんが『お、甘露梅か。かつての吉原の味だな。アレはウマい』なんて言ったもんだから、若奥さんが『あんた、いつ吉原に！』って怒って、全部捨てられちまったんだよな」

「じいちゃん……」

もしや、早々に離婚したってのは、それが原因だったんだろうか。

「なんてこと、私のせいで家庭争議に」

座卓に突っ伏したアヤさんを見て、篠原は慌てて瓶を高く掲げて見せた。

「ほら、ルナちゃん。甘露梅、楽しみだね！　ね、アヤさん。どんな味なの」

アヤさんは頭を起こした。額が赤くなっている。

「私も数週間しか吉原におりませんでしたので、夏に仕込んだものは食べられませんでしたの。でも、前の年に仕込んだものを一つ、いただきました」

味を思い出したのだろうか、うっとりしている。

「カリっと噛むと、しょっぱくて。でも、とても甘くて……。あんな苦労をして作るのも納得のおいしさが口の中に広がりますの。もっとたくさん食べたいなと思いましたわ。お内儀さんの話では、引手茶屋ごとに製法は様々だったそうです」

「わあ……」

ルナは、目を輝かせて瓶を眺めた。

「この漬け汁も、氷水で割っていただけます。お内儀さんが飲ませてくれましたの。甘じょっぱくて、おいしいんですよ。私はどちらかというと、本体よりもこちらの方が好きですわ」

「はいっ！　あたしはかき氷にかけて食べたい」

篠原が挙手すると、ルナも真似して右手を挙げた。

「ルナも！」

「漬け汁、追加したらどうだ」

　苦笑いして、ふと縁側の向こうを見ると陽はすっかり落ちていた。夜は闇しかない大谷は、天体観測にはもってこいだ。縁側に行き、空を見上げてつぶやいた。

「やっぱり、今日が伝統的七夕の日なんだな。星がキレイに見える」

「今日、おじさんが見せてくれた星の方がずっとキレイだよ。ルナは、あっちの方が好き」

「え」

　思わず振り返った。ルナが、にっこり笑っている。俺を見て。

　その夜の星は空だけでなく、俺の心にも輝いたのだった。

第四章　柿と七五三

　夏に篠原が企画した、子ども向けのフィールドワーク「石の街・大谷を学ぼう」は大評判だったそうで、九月のシルバーウィーク中に第二弾が開催されることになった。

　急遽《きゅうきょ》決まったため、前回の集合場所――市営駐車場にスペースが確保できず、長屋門の前にある我が家の駐車場が出発地点になった。砂利舗装されていて、二十台くらいだったら余裕で車を置ける広さがある。石材商だった時代、切り出した石の一時保管に使った場所だ。

　ちょうどいいから貸せという篠原の圧に負けてしまった俺は、長屋門の陰からこっそり駐車場を見た。そこには、二十人くらいの男女小学生がたむろっている。

「見ろよ、すげえ家」

「誰が住んでんだろうな」

家を指さす男子小学生の後ろで、ルナが得意気な顔をしている。ドタキャンが出て、急遽駆り出されたのだ。

ちびっこたちの中で、宝塚の男役のような篠原は目立つ。一八〇センチ近い長身、そしてクールな美貌を秋のさわやかな陽光に輝かせ、主役を務める公演のように大きなジェスチャーで説明を始めた。

「はぁい、みんなー。では、これから大谷を歩いていきます。前回もみんなで歌った『石山の歌』を歌いながら行きましょう。これは戦後まもなく、石切り作業に従事するお父さんとお母さんを思う大谷の小学生と、小学校の音楽の先生が作った歌です。何度も出てくる『チャッキンコーン』は石を切る音。『カッチン』と『チャッキン』が最終候補に残ったんだけど、生徒たちの多数決で『チャッキン』になったんだって。『コーン』は、深いところから石を切る音が響いてくる様子だそうです。二番に出てくる『コッパ』は、石を切る時に出る石屑《いしくず》のこと。手掘りだった昔を想像しながら歌いましょう。それでは、ミュージック、スタート！」

♪チャッキンコーン
　チャッキンコーン

父ちゃん石おこし
　石かたかんべな
　腰がいたかんべな
　腰もんでやっかんね
　　チャッキンコーン
　　チャッキンコーン
母ちゃんコッパ掃き
　しょいこ重かんべな
　肩がはったぺな
　肩もんでやっかんね
　　チャッキンコーン
　　チャッキンコーン♪

どこか切ないメロディーが胸を打つ。
しかし一人、ものすごい調子っぱずれがいる。篠原だろう。
送迎の母親たちがきゃあきゃあ騒ぎながら手を振っているのは、どう見ても、自分の子ではなく篠原だ。彼女が手を振り返すと、歓声は一段と大きくなった。

一団が遠ざかり、あたりは静寂に包まれる。ホッとため息をついて母屋に戻ろうと振り返ると、アヤさんが立っていた。

初めて見る、こんな悔しそうな顔は。唇を噛み、頬を細かく震わせて子どもたちを見送っている。何かあったら困るので、アヤさんは一人で敷地の外に出ないように言ってある。自由に歩きまわれる子どもたちが、羨ましいのだろうか。やはり「外の世界」に憧れているのかもしれない。

俺の視線に気づいたのか、慌てて庭の柿の木を指さす。

「ま、まあ。ご覧くださいませ、若旦那様。柿の実がふくらみ始めました」

大きな木には緑の実が鈴なりに成っていて、アヤさんは遠い日を愛おしむような目で眺めていた。

「虎雄様の時代にもこの木はありましたわ。樹齢どのくらいですの?」

「じいちゃんがこの家に養子に来た時、記念に植えた話を聞いたような」

「甘柿、渋柿、どちらですか?」

「――どっちだっけ。原因は鳥なのかヨシエ婆なのかは知らんが、気がつけば全部無くなって、魚の骨のように枝だけが残るのが毎年恒例だから」

「今年は、召し上がってくださいな。私がもぎますわ」

「いや、いいです。そのころは仕事の最繁期で、柿食ってるどころじゃないと思うんで」

空を見上げる。秋の到来を伝える見事なうろこ雲が、石山の向こうに見えていた。

柿の実がすっかり色づいた十一月上旬。予想通り、市役所は来年度予算要求作業が本格化していた。

俺が担当している「庁内ネットワークシステム更新事業」は予算規模が数千万円と大きい。上司や財務課を納得させ、予算をつけてもらう資料を作るため、連日、残業と休日出勤だった。資料作りと説明の無限ループは、予算案の市長査定がある年末まで続く。

今日も朝イチで財務課から予算修正指示をくらい、一日かかって作り上げた修正案を八島課長と宮田係長に説明した。

「いいですか？　更新を迎える機器は、まずサーバ群。ＤＮＳサーバ、ＮＴＰサーバ、ＳＭＴＰサーバ、ＷＥＢサーバ、プロキシサーバ……」

「ピロシキ？」

ロシア料理か。気力が無くなりかけたけど、課長を見て大きく口を開いた。

「プ・ロ・キ・シ。インターネットに接続するのに使うんです」

「なんでそんな名前なの。ワケ分かんないじゃない。そうだ、もっと分かりやすいように、あだ名つけようよ。ブロッキーとか、接子《せつこ》ちゃんとか」

課長の言葉に力が抜けた。年度始めから何度説明していると思ってるんだ。

資料をパラパラと眺めながら、課長はため息まじりに言った。

「市長が今日、庁議の後の雑談で言ってたんだけどさ。どうせ多額の予算をかけて更新するんなら、根本的に変えたらって。なんでも、先週視察で行った東北の市役所ね、パソコンをつなぐ線が無いんだって。職員は、ノートパソコンを庁内の好きな場所に持っていって仕事ができるから、打ち合わせとか便利なんだってさ」

「つなぐ線がない？　――ああ、無線ＬＡＮでしょう」

「でもって、職員のパソコンには、データは保存できないんだって。だから、パソコンを紛失したり盗難にあっても、情報漏洩《ろうえい》の恐れがないんだってさ」

「シン・クライアントですね。データはすべてサーバに持たせるんです。ウチじゃ論外ですよ。千人近い職員が扱うデータが、常にサーバと各パソコンを行き来するんです。ウチの細い線じゃ処理しきれないからフリーズしまくって、仕事にならないと苦情が殺到します。まずは、太い線を整備して、通信プランも増額変更しなければ。ここでさらに予算が増えますからね。しかも、臨時的経費じゃなくて経常的経費です。さらに、パソコンを持ち歩く職員が激増するでしょうね。無くしたり落としたりしたら、そこでまた経費が……」

「否定から入らないでよ。限られた予算の中でも実現するよう考えてみて」

「ここまで来て、今さらシステムの在り方を根本的に見直せって言うんですか！」

課長席の電話が鳴った。打ち合わせ席から立ちあがった課長が、数歩先のデスクで受話器を取るのを見計らったように、係長が肘で俺をつついた。

「石庭君、課長にあの言い方はないだろ」

「このシステムは、情報専門職の俺が入庁以来ずっと携わってるんです。行政職の課長や係長に、なんだのかんだの口を挟まれたくないですね」

「ここは組織なんだからさ、一人で突っ走っちゃダメだよ。君も三十過ぎたんだから、もっと協調性というものを……」

課長が、受話器を持ったまま振り返った。

「石庭君！　君、煮詰まっている様子だから、今日は定時で上がって気分転換した方がいいよ！」

「へ？」

課長は未決裁の箱からバインダーを取り出し、俺に示した。いかにも職員がパソコンで手作りした感じの、素人臭いチラシが綴《と》じられている。そこには、「総務課主催男性職員向け講座のお知らせ」とあった。

「やあ、みなさん！『彼女もニッコリ！　独身男性の料理教室』にようこそ！　僕が講師のマッチョ文昭《ふみあき》です」

Yシャツにエプロンを身につけた俺は、茫然と黒板の前の講師を眺めた。なんでこんな格好で、俺が市民交流センターの調理室に。そりゃ、理由は課長命令だが。「この講座でドタキャンが出た。総務課長に男性職員一人出してくれと泣きつかれたから、行ってこい」という。

その名のとおり、日焼けしたマッチョな男性講師が花柄のエプロンをなびかせて、レシピを一枚一枚各調理台に配って歩く。

「今日は、カニクリームコロッケとプリンを作るよ！　包丁を滅多《めった》に持たないみなさんでも大丈夫な超簡単レシピだから、このレシピを持って帰って、後日お家で再現してね！」

俺は挙手して、正直に告白した。

「先生。俺、『滅多に』どころか、そもそも包丁を持ったことないです」

「いいね、包丁デビュー！」

先生は、親指を立ててウインクした。

「大丈夫、僕が手取り足取り教えます。さ、始めるよ！」

調理台の上にずらっと並ぶ調理器具が、冷たく光る。まるで、俺を狙う手術用具に見えた。

「ただいま」

帰宅したものの着替える気力も無く、スーツ姿のまま大座敷に倒れこんだ。

「お帰りなさいませ。お疲れですのね」

アヤさんが心配そうに、お茶を運んで来る。

「料理なんてしたもんだから。しかも包丁まで持たされて」

「残業じゃありませんでしたの？」

「諸般の事情がモロモロで、職場の料理教室に」

「あら！　じゃあ、これは……」

跳ね起きた。

アヤさんは、コタツの上の紙袋を前にキョトンとしている。

「いえ、それは食用じゃありません。明日の生ゴミに」

「もったいないですわ。せっかく、若旦那様がお料理されましたのに」

「石庭君が料理したと聞いてー！」

声が聞こえてくるやいなや、地響きを立てて篠原が大座敷に飛び込んできた。

「もしやお土産？　ルナちゃん、おいでー！」

「おじさん、お帰り」

眠そうな目をこすりながら、ルナが入ってきた。

ルナが俺に挨拶するようになったのは、例の「秘湖の船旅」の翌朝からだ。「おじさん、おはよう」と聞いた時の喜びは、何度でも思い出せる。その喜びは麻痺《まひ》せず、俺の日々を彩る細やかな癒しとなっていた。

なのに、俺の料理なんか食べて、腹を壊して病院に運ばれたらどうするんだ。

「危険だ。食うな！」

俺の手を撥《は》ね除《の》けた篠原は、ものすごい勢いで紙袋を破る。

「ということは、石庭君の手料理が！」

アヤさんがいそいそと大座敷に戻ってきた。

「さじとお箸、お持ちしましたよ」

「アヤさんも食べよ。いっただっきまーす」

篠原が。アヤさんがルナが、俺の料理を口に入れる。

「着替えてくる！」

耐えきれず、隣の自分の部屋に逃げた。作った料理を人に食べられるというのは、こんな——ケツまわりがもぞもぞして、いたたまれない気持ちになるものか。鞄《かばん》から今日のレシピを出して、ぐしゃぐしゃに丸めてゴミ箱に突っ込んだ。

　パソコン前に座って両耳を塞ぐ。どうせ隣の部屋から聞こえてくるんだ。「石庭君、料理もヘタだねぇ」「おじさん、これマズイ」「若旦那様、大丈夫ですわ。私がお教えします」とか、俺の心をえぐる言葉が。

　襖の向こうに気配を感じ、耳から手を離したら小さいノックが響いていた。「何だ？」と返すと、ルナが襖越しに話しかけてくる。

「おじさん、おいしかったよ！　ルナ、また食べたい」

「いいよ、別にお世辞なんか」

「いや、マジでウマかったよ、石庭君。全部食べちゃった」

「若旦那様のお心が感じられるお料理でしたわ」

　三人の気配が消えた。コタツに戻ったんだろう。

　勢いよく立ち上がった。

「いやー、褒められちまった」

　丸めたレシピをゴミ箱からごそごそと取り出し、皺を伸ばして携帯で写真を撮った。記録しておこう。ルナ、「また食べたい」って言ってたもんな。

「石庭君、お茶飲みなよ、お茶ー！」

　茶くらい飲んでやるか。部屋着に着替えて大座敷に行くと、コタツに陣取る篠原がニヤニヤ笑ってスマートフォンの画面を俺に見せた。画像は——カニクリームコロッケとプリンだ！

「へっへっへ。記念に撮っちゃった。待ち受けにさせていただきます」

「やめろよ！」

頬が紅潮しているのが自分でも分かる。照れ隠しに話題を変えた。

「篠原、ガラケーユーザーじゃなかったか？　いつスマホにしたんだよ」

「今日でーす。変更したてホヤホヤ」

「若旦那様のものと違いがありますの？　その……写真が撮れる携帯電話機とやら」

「全然違う。携帯電話は電話する機能が主で、篠原のスマートフォン……略してスマホは、電話はいろいろある機能の一つでしかないから、オマケみたいなもんだよ。見た目も違うだろ」

ズボンのポケットから二つ折り式の携帯を出して、コタツに置いた。こぼれ落ちそうに目を見開いて、アヤさんは携帯を見つめる。

「何度見ても驚きですわ。私の時代では、電話機がある家ですら、ほとんどありませんのに」

「俺には、アヤさんのお母さんの方がビックリだよ」

——私の母が二十歳の時……明治二十二年ですわね。東京と熱海の間で、初めて商業用電話の通話実験がありました。その時、熱海側で音を出したのが、母。三味線を弾きましたのよ。熱海で芸者をしておりまして――

携帯を初めて見せた時に、アヤさんは笑ってそう言った。ここに来て間もないころの話だから、三か月チョイ前だ。あれこれありすぎて、もう遠い昔のように感じる。

「使いこなせんのかよ、篠原がスマホなんて」

「余裕よ。ゲーム機みたいなもんね。頭より指の感覚で覚えていく。こないだニュースでスマホの普及率十パーセント未満ってやってたけどさ、絶対伸びるよ、これは。アプリを使いこなせれば超便利だもん」

「その……スマートフォンは電話がオマケというのが、よく分かりませんわ」

右手にスマホを持ち、篠原はひらひらと振りながら説明する。

「スマホは道具箱だと思って。中には、電話機とか便利な道具が収納されている感じ。あたし、せっかくだからツイッターとブログ始めよっと。アヤさんの料理を題材に何か書いてみようかな。壺飯とか、れもんミルクとか、冷やしコーヒーとかネタとして面白いし」

「書く?」

アヤさんの頬が、ピクッと動いた。

「ついったーとか、ぶろぐって何ですの」

「どっちも自分で書いた文章を投稿するもの。ツイッターは短文、ブログは長文向き。例えるなら、ツイッターはハガキで、ブログは封書かな」

「投稿って、どこに出すのです？　新聞社ですか」

「ううん。インターネットの会社に。簡単に言えば、電話回線につなげる機械を持っている人なら、誰でも投稿ができて読むこともできる。なんと無料よ」

「選者はどなたが？」

「そんなの、いないよ。好きなように書いた文章を、みんなが好きなように読んでくれるの。瞬時に、全世界の人がよ」

「んまあ！」

アヤさんは、かじりつくように篠原のスマホを眺めた。ライオンが獲物を見つけたような迫力だ。茫然とする俺に気づいたのか、アヤさんは慌てて立ち上がった。

「そ、そうですわ。柿、剝《む》いてきます」

「柿？」

戻ってきたアヤさんは、俺たちの前に柿を二切れずつ置いた。黒い角皿に映える朱の果肉には、黒いぷつぷつが見える。かじると心地よい固さで、濃厚な甘さが口の中を満たした。この味、食べた記憶がある。記憶が――。

「アヤさん。この柿は、どこのです」

「お庭のです。ヨシエさんが、甘柿だと教えてくださいましたの」

一口かじっただけで楊枝《ようじ》を置いた俺を、アヤさんは心配そうな顔で見る。

「あら、お口に合いませんか」

「――いや、俺には甘すぎて」

「あたしがもらう」

言い終わる前に、篠原は口の中に放り込んだ。

「若旦那様、ヨシエさんの家の柿と少し交換してもよろしいですか」

「柿と柿を交換して、どうすんですか」

「あちらは渋柿ですので、干し柿が作れます」

「甘柿じゃダメなの？」

ルナが、柿を咀嚼しながらつぶやくように訊いた。

待ってましたとばかりに、篠原が講釈をたれる。

「いいところに気づきました。糖度――甘さを測る基準だとね、渋柿の方が甘柿より高いんだよ。干し柿にすると、渋みが抜ける。とすると答えは？」

「渋柿の方が、甘い干し柿ができる？」

「はい、よくできました」

ルナの顔が、パアッと明るくなった。干し柿を作れたら、ルナも楽しいだろうな。

「ヨシエ婆ってのがアレだけど、みんなが干し柿を食べたいなら、構いませんよ」

「ありがとうございます、若旦那様！」

篠原は柿をかじりながら庭の方を指さした。

「ねぇ、石庭君。ここの庭広いんだからさ。渋柿も植えたら？」

そういや、じいちゃんが柚子を植えてくれたんだっけ。俺のために。

「ルナ、ここに来た記念に植えるか？　渋柿の木」

「うん！」

ルナは、目を輝かせてうなずいた。

「桃栗三年柿八年。実が採れるころには、おルナ様は十五歳ですね」

アヤさんが指折り数えている。その指ごとに、ルナは大きくなっていくのか。

この野生児のようなルナが中学生なんて想像できない。茶髪のロングヘアでミニスカにハイソックスとか。そのころ俺と口きいてくれるんだろうかと急に心配になった。

アヤさんのところに行って、ルナは甘えるように着物の袖を引いた。

「ルナ、渋柿食べてみたい。干し柿！」

アヤさんは、苦笑いする。

「明日仕込みますけれど、できるのは一か月くらい後ですわ」

「すぐ食べたい！」

わがまま言うな。たしなめる言葉が口から出かけたが、自分の欲求をちゃんと口に出すようになったんだと気づいた。三か月しか経ってないのに、変わったんだな。

その夜は、あまりにも寒かった。

ルナが寝静まって、篠原が風呂に入ったのを見計らい、百年厨房に向かった。アヤさんが、今夜の片づけと明日の用意をしているはずだ。

予想通り、俺が蔵に取り付けたハンディLEDライトに照らされて、アヤさんは流しで洗い物をしていた。半開きだった戸が開く音に気づいた彼女が、振り返る。

「若旦那様、どうなさいましたの？」

「アヤさん、いい加減に母屋の台所に移りませんか？　不便でしょう。寒いし」

前掛けで手を拭きながら、アヤさんは首を横に振った。

「大谷石の蔵ですし、火も使いますからそれほど冷えませんわ。若旦那様が電気のランプをつけてくださいましたから、夜でも明るいですし」

「しかし、毎朝毎晩、カマドで料理なんて大変でしょう」

「だって、普通のことですもの」

「現代では、普通じゃないです。いつ大正時代に戻れるのか分からないけど、とりあえず今現在の『普通』に慣れるべきじゃないですか。洗濯機や掃除機は使うのに、なんで台所だけダメなんです」

アヤさんは、ふと視線を床に落とした。

「私には心の支えなのですもの、この『百年厨房』が。だって——」

寂しげに笑い、厨房を見回す。

「あの時のままの空間で、同じようにお料理をしていると——戻れた気がするんです。家族や友達、会社の人たちと、心がつながれている気がしますの」

「家族って、熱海のお母さんですか？」

「……ええ、そうですわね。それと、お……」

それだけ言うと、アヤさんは無言になった。

「お」ってなんだ、「お」って。お父さん？　弟？　それとも——夫。

過去に行っていた心が今帰ってきたかのように、アヤさんの目の焦点が合った。

「あらいやだ。申し訳ございません。ボーッとしてしまって」

「そうだ、アヤさん、誕生日、十一月とか言ってませんでした？」

「はい。十四日です」

「もうすぐじゃないですか。何かプレゼントしますよ」

「プレ……？」

リスのように、小首を傾げる。

「いわゆる贈り物です。誕生日のお祝いに」

アヤさんは目を白黒させて、首を横に振った。

「とんでもございませんわ。お気持ちだけで。……あ、あの、でも。もしもよろしければ、鉛筆と帳面をお願いできますでしょうか……たびたびで恐縮です」

驚いた。消費が早い。最初に渡して以来、ノートを何冊、鉛筆は何本使っただろう？　引き出しの遺物と化しているので別にいいのだが。しかし、なにせ誕生日なんだから、もっと高価なものを――。

「分かりました。じゃあ、あまり遅くまで頑張らず、早めに切り上げてくださいね」

サプライズで石油ストーブをあげようと決めながら、百年厨房から出た。

母屋に向かうと、暗闇のなか柿の木のシルエットが視界に入る。太陽の下だと朱色なのに、闇夜だと無数の黒い実に見える。少しゾッとし、足早に家の中に入った。


翌朝は思いきり寝過ごした。焦って大座敷に飛び込むと、ルナと篠原は朝食を食べ終わるところだった。アヤさんが盆に白い小皿を三つ載せ、にっこり笑って出迎える。

「おはようございます、若旦那様。今、源氏飯お持ちしますね。お待たせしました、おルナ様。渋くない渋柿ですよ」

ルナは、アヤさんが座卓の上に置いた小皿を興味津々に眺めた。横半分にカットされた柿がそれぞれ一つずつ載り、スプーンが添えられている。

恐る恐るつついたルナは、「熱い！」と叫び小さな人差し指を引っ込めた。

「熱いですから、さじをお使いくださいね。皮に針で傷をつけて、七輪で焼きましたの。熱で渋が抜けるんです」

ルナがスプーンを挿す実は、加熱したせいか黒ずんだような朱色になっている。

「すごーい！　トロトロだよ」

スプーンを口に運ぶと、表情がパアッと輝いた。

「甘い！　でも、ちょっと渋い」

少し困ったような笑顔をアヤさんは浮かべる。

「品種も関係しているのかしら。加熱だと完全には渋が抜けないのかもしれません」

「いや、このくらいの渋さなら、むしろアクセントだよ」

朝メシを食べたことは記憶から飛んでいる勢いで、篠原は食べ進めた。

「甘いっ。そういや、渋柿をオーブンで焼いて渋抜きする方法を読んだことがある」

「木材問屋で女中をしました時、教えていただきましたの。岐阜の農家では、炭火で焼き柿を作って、お子さんのオヤツにするんですって」

「さすがアヤさん。……あれ？　石庭君、食べないの？」

「――今はいい。冷蔵庫に入れてくる」

「あたしがもらうよ」

差し出された篠原の手を、思いっきり弾《はじ》いた。


その日も、予算の資料作りと説明で消耗して帰宅した。

甘いものは積極的に食べないが、脳が糖分を激しく欲している。今朝の焼き柿が脳裏をよぎった。二日酔いの朝の「迎え酒」ではないが、柿のイヤな思い出は柿で上書きしてしまえばいいんではなかろうか。

母屋の冷蔵庫から今朝の焼き柿を持ってきて、縁側であぐらをかき、スプーンを挿して口に運ぶ。ねっとりした濃厚な甘さ、そして——。

「渋い！　なんだこりゃ」

ちょっとどころの渋さじゃない。慌てて飲みこんだ。

「チキショー！」

玄関の戸がものすごい勢いで開いて、罵声と共に篠原が帰ってきた。彼女にしちゃ遅い帰宅時間だ。あの早い足音は、俺を探しているんだ。逃げよう……とした瞬間に、篠原が目の前に現れた。恐ろしいほどに目が血走っている。

「聞いてよ、石庭君」

「博物館がどうかしたんだろ」

「なんで分かるの！」

「篠原が怒るなんて、それくらいしかないだろうが」

「市の直営じゃなくなる話が出てきてんのよ。独立行政法人化なり、指定管理者制度なり、民営化なり、最悪廃止――」

「世の流れだよ。今どき無いだろ、そういう施設で直営なんて」

「何言ってんのよ！」

俺の隣に正座し、大真面目な顔で畳をバンと叩いた。

「直営じゃなくなったらね、収益性第一になる。今の年間入場料収入じゃ、あたし一人の給料分にすらならないのよ。すると、どうなる？ 必然的に、『ウケ狙い』になっていく。今みたいな真面目で地味な研究の企画展ができなくなるのよ」

「税金使って、客が来ない企画展やってどうすんだよ。そんなの学芸員の自己満足だろ」

「素人に、学芸員の仕事を語られたくない！」

床を割れんばかりに叩く篠原に恐れをなし、口から出まかせを言った。

「篠原みたいな、俺様……というか社交的な性格だったら、別に公務員じゃなくたって、自分の好きなことで生きていけるだろ。俺と違って」

憑《つ》き物が落ちたかのように、篠原の動きが止まった。

「それもそうね。結婚したら、石庭君の収入もあるんだし」

「なんでそうなるんだよ！」

「なんか、気楽になった」

ケラケラ笑ったあと、真顔に戻った篠原は俺の焼き柿を指さした。

「それ、冷蔵庫にあったやつ？　渋いでしょ。加熱して渋を抜くと、冷やしたら渋が戻ることがあるってアヤさん言ってた」

「先に言ってくれ」

「アヤさんと言えば。昨日の誕生日プレゼントの話で思い出したんだけどさ」

「聞き耳立ててたのかよ！　いやらしい」

「庶民レベルが誕生日を祝うようになったのなんて、戦後の話よ。それまでは数え年だったんだから。成長を祝うなら、誕生日よりも七五三とかの方が身近だったし。それでだな、話はここからなんだけど」

篠原の目が珍しく真面目だ。イヤな予感しかしない。

「ルナちゃんは七歳。つまりは今年、七五三でしょ」

やっぱり出てしまったか、この話題が。

「正直言えば、ルナちゃん喪中だけどさ。五十日祭が終わってるし、内々のお祝いならいいんじゃない？　で、もう十一月で、シーズン真っ最中だよ。手配してあんの？

着物レンタル、美容室、写真館とか」

「七五三って、なんでやるんだ」

呆れたような顔で俺を見て、畳を何度も何度も叩きながら言う。

「『七歳までは神のうち』っていうでしょ？　昔は、七歳は厄年だったの。無事に七歳を越して人間になれますようにと、神社に行って厄落とするのよ」

「昔じゃなくて現代だし、俺は無神論者だ」

それだけ言うと、篠原を振り切って自分の部屋に逃げ込んだ。


「七五三？　ルナは別にやらなくていい」

翌日の朝食の場でルナはあっさりそう言うと、焼き柿の皿を手に取った。

篠原は、慌てふためいた。

「だってだって、キレイな着物が着られるよ。石庭君、妹さんの七五三の写真見せてあげなよ」

「──写真は無い。そもそも、妹は七歳の時に七五三やってないし」

「なにっ」

「ゆかりん！　ルナも、三歳の時やらなかったよ」

篠原は、アヤさんが淹れたお茶を受け取り、吹いて冷ました。

「あたしはこの家の人間じゃないけどさ。三か月以上ここで暮らしてきて、みんな家族だと思ってるよ。人生、いつどうなるか分からない。髪の毛一本の差で、運命を分けることもある。そこには、神様が手を加えたとしか思えないこともある。だったら、無事に成長できますようにと神様にお願いしたい。大切な大切な家族だもん。それって、余計なお世話かなあ」

言う時が来たのかもしれない。俺は覚悟を決めた。

「俺の養父母……ルナの実のじいちゃんとばあちゃんは、交通事故で死んだんだ。俺が十五歳、真奈が今のルナの歳だ。真奈に七五三の着物を作って、それを呉服屋に取りに行く途中、トラックとタクシーの事故に巻き込まれたんだ」

「！」

「じいちゃんが事故の電話を受けた時、俺と真奈は縁側で庭の柿をもいで食べてたんだ。じいちゃんが、来て……泣いたんだよ、あの怖いじいちゃんがさ。その記憶が、柿の味と結びついて……。思い出したくなくて、忘れてた。なのに、昨日食べたら――」

「も、申し訳ございません……若旦那様」

アヤさんは、深く頭を垂れている。

「あの時、俺もパニックになって……。真奈に、事故はお前のせいだって言っちまったんだ。それ以来、真奈は俺を避けるようになった。……俺は最低な人間だ」

ルナの顔を見られない。俺はギュッと目を閉じた。

「ごめん。ごめんな、ルナ……。お前のお母さんがこの家を嫌って出たの、俺のせいだ。真奈に謝れなかった、ずっと」

恐る恐る目を開けると、ルナはスプーンを置いて、じっと俺を見つめていた。

「ルナが七五三やったら、お母さんは喜んでくれるの？」

「それは……俺には分からん。だが少なくとも、じいちゃんは喜んでくれると思う。ルナにはひいじいちゃんか。じいちゃんと、ばあちゃんもな」

「おじさんは？」

無垢な瞳が俺を見据えている。その視線の鋭さは心の盾を貫いていった。

「嬉しい」

本音が出た。まごうことなき、心から溢れた言葉だ。

「じゃあ、やる」

ルナはさらっと言った。

「よっしゃあ！」

そう叫んで立ち上がった篠原は、ためらいがちに俺を見る。

「石庭君、その……着物って残ってるの」

「ある。しかし、着付けと髪はどうしよう」

「お任せください、私が！」

アヤさんは、自分の胸を叩いた。

「じゃあ、写真は——俺が撮る。あとは何か準備がいるのか？」

篠原は手で大きな四角を描いた。

「お祝いのお膳だね。仕出しお願いしたら？」

「そちらも私にお任せください！　わさび鯛《だい》の酢の物、白髪鯛、さつまいもの蒸し酢、白菊豆腐の田楽、鼈甲《べっこう》豆腐の黄身そぼろでいかがですか」

「俺には全然想像がつかないけど、お願いします」

やると決めたら、スッキリした。俺はネズミの恐怖も忘れて蔵や長屋門を探し回り、ようやく真奈の着物を見つけ出したのだった。


ルナの七五三は、十一月十三日を選んだ。晴れはしなかったが曇り空で、許容範囲と言える天気だった。

スーツ姿の俺は、大座敷をソワソワ歩きまわっていた。

「石庭君、まるで初めての出産を待つ父親のようだね」

コタツで煎餅をバリバリ食べ、パンツスーツ姿の篠原が目を細めていた。

「うるさいうるさい」

「若旦那様、準備ができましたわ」

アヤさんの弾む声が、襖の向こうから響く。

「はい！　どうぞお願いします！」

思わず青少年のように返事をし、直立不動になった。静かに襖が開くと、ルナが着物姿で入ってきた。

何も言葉が出てこない俺の隣に来て、篠原はうっとりとつぶやく。

「すごい着物ねぇ。石庭君のご両親、張り切ったんだね。正絹《しょうけん》で、水色濃淡染め分けで柄は御所車《ごしょぐるま》。金彩雲取に、金襴有職《きんらんゆうそく》帯とは」

アヤさんは自分の頬に手を添えて、ため息をついた。

「おルナ様、御髪《おぐし》が短くて結えないのが残念でしたわ」

「でも、前髪をオンザ眉毛で切り揃えてあげたんだね。お姫様みたいで可愛いよ」

感心して何度もうなずく篠原に、アヤさんは心配そうな視線を向けた。

「でも、お化粧だけは、これでよろしいのか……。ゆかりん様の方が、現代のお化粧品に詳しくていらっしゃるから、ゆかりん様の方がよろしかったのでは」

「あら、そんなことないよ！　時代劇みたいで、グッドよ、グッド。ねぇ、石庭君」

「お、おう」

ルナが、真奈に見える。いや、真奈がルナに見えるのか。二人の七五三姿を一度に見ているような、そんな幻覚に襲われる。

アヤさんは、ルナの着物を整えながら言った。

「若旦那様、お参りはどちらに行かれますの？」

「どこだ、篠原」

「氏神様だね。でもこの家は屋敷神を祀ってるんだから、まずはそちらじゃない？

それから山の神——は、無理だわねぇ、着物じゃ登れない」

「ヤマには、後で俺だけで行く。しかし、氏神様か。どこだ、全然思いつかない」

「あたしが案内するから、大丈夫。任せたまえ」

うやうやしく篠原を拝んだ。


氏神様へのお参りから帰ってくると、庭で記念写真撮影になった。

篠原にさんざん、サバンナだの人類未踏の地だの揶揄《やゆ》された庭だが、アヤさんが日々の手入れをし、今や名刹《めいさつ》の日本庭園のようだった。いや、もともとそういう造りだったんだが。アヤさんは庭師の家で女中をしたことがあったそうで、最初の設計以上に庭園らしく整えられていた。

屋敷神を背景に、千歳飴《ちとせあめ》を持ったルナが立つ。自慢のデジタル一眼レフカメラを構えるが、なぜか手が震えて焦点が合わない。

篠原は、俺に手を差し出した。

「貸して。あたしが撮るから、ルナちゃんと並びなよ」

「ほ、本格デジカメを篠原が操れるワケないだろ。俺の携帯使えよ」

篠原は俺の心なんかお見通しだったようで、口元を緩めながら携帯を受け取った。

ルナと並んだ俺は、感情を押し殺し、口をへの字にして耐え忍ぶ。

「はいっ。ルナちゃんも石庭君も、いいねーいいねー。今度は横向いてみようか」

グラビア撮影のような声が飛ぶ。篠原の傍らで興味深そうに眺めていたアヤさんが、口を開いた。

「撮影は、そこのボタンを押せばよろしいのですよね？　今度は私が撮りますわ。ゆかりん様もどうぞご一緒に。ご家族写真が必要でしょう」

篠原は家族じゃないし。と言おうとしたが、口ごもった。なんだかんだと、今はこの家には欠くことのできない存在になっている。調子に乗るから、口にはしないが。

「家族写真なら、アヤさんもだよ」

篠原は、アヤさんの手を握った。

「やっぱり俺が撮る。アヤさんと篠原とルナ、三人で並べ」

「一緒に撮ろう！」

ルナが嬉しそうに、二人を手招きした。俺の時とずいぶん態度が違う。寂しいものを感じながら、携帯とデジカメ、両方を駆使して撮影した。

「大輔も入らなきゃダメだんべな。家族写真なんだべ？」

塀の上からヨシエ婆の顔が覗いている。

「オラが撮影すっと。シニアの携帯電話講座通ってんだからな。任せろ」

ヨシエ婆が撮影した画像を眺めた俺は、思わずつぶやいた。

「婆のウソつき。画像ブレブレだよ」

「ブレてないよ。立派な家族写真だよ。石庭君の目が潤んでるからでしょ」

「うるさい。俺は、俺は……こんな家族写真なんて――」

生涯、縁が無いだろうと思ってたし、欲しいとも思わなかったんだよ！　と言おうとしたが、言えなかった。声が詰まる。

「よ、ヨシエ婆、こんなの近所に言いふらしたら、許さねぇからな」

眼鏡を外し、スーツの袖で目を拭う俺を見て、ヨシエ婆は高らかに笑った。

「安心しろ。オラは口が堅くて有名だ」

「ウソつけ」

「若旦那様、今度はヨシエさんもご一緒にいかがですか？　私が撮りますわ」

「こんな顔で写りたくない」

た。

「別に大輔は入らなくていいんだぞ」

結局、俺が撮影した。携帯もデジカメもメモリがいっぱいになり、そこで終了とした。

「俺、山の神に行ってくる」

携帯の時刻表示を見ると、あと三十分でお昼だ。俺が登って下りて祝膳で、ちょうどいい感じだろう。

着信音が鳴った。祭囃子《まつりばやし》みたいな音は篠原のスマホだ。彼女はめんどくさそうにスーツのポケットから取り出すと、発信元を見て顔を歪《ゆが》めた。

「もしもし？　何よ、あたし今日は休みなんだけど」

どうやら、勤務先の博物館からのようだ。

「やだなぁ。はいはい。行けばいいんでしょ」

ため息をついて電話を切ると、篠原は慌ただしく出かける支度を始めた。

「市会議員がアポなしで来て、展示の質問があるから担当学芸員を呼べって言うの。ったく、解説員がいるのに、わざわざ呼び出すなんてねえ。さてはあたしのファンだな。祝膳、あたしの分は残しておいてね！　食べる前に、全部の写真撮っておいてよ！」

そう言い残し、ワゴン車に乗って行ってしまった。なんて慌ただしい。

見送っていたアヤさんは、振り返って微笑んだ。

「じゃあ、若旦那様。山からお戻りになるまでに、祝膳を整えておきますわ。おルナ様、お着替えしましょうか。苦しいでしょう」

「やだ、脱ぎたくない！」

ルナは、首を横に振りながら後ずさった。

山の神の祠に冷やしコーヒーを供え、座りこんで手を合わせた。

立ちあがり、周囲を見回した。山頂からは庭が一望できる。小指ほどのサイズだが、ルナが一人でいるのが見えた。アヤさんはいない。祝膳の用意をしているのだろう。

屋敷門から庭に、何かが入り込んできた。動物だ。散歩コースにしている野良猫だろうか。いや、猫にしては大きい。タヌキ？　……いや、犬だ。しかも、大型の！

「ルナー！　家に入れ！」

俺の叫び声が聞こえたのか、ルナは振り返り――逃げずに、身構えた。

「何やってんだよ」

急いで駆け下りる。登山道からも庭は視界に入る。ルナは腰をかがめて犬とにらみ合っていた。

ただならぬ気配を察したのか、アヤさんが庭に出てきた。ルナの前に立ちはだかり、犬を追い払おうとする。彼女のことだから、どこかの猛獣使いの家で女中をして、荒れ狂った犬を手なずける技も身につけている——ワケはないだろうな。

「逃げろー！　ルナ、アヤさん！」

俺は叫び、滑り、転んだ。大谷石でできている山だ。そのたびにスーツは破れ、擦り傷ができていく。

バイクのエンジン音が響いてきた。ルナの叫び声が重なる。

「おじさん、郵便のおじさん！　助けて！　犬！」

屋敷門の外を、郵便配達員がバイクに乗って通りかかったところだった。配達員は庭にバイクで突っ込み、暴走族のようにバイクを空ぶかしさせた。

犬は、怯《おび》えたように屋敷門から逃げていった。

息も絶え絶えの俺が庭に着いたのは、その直後だった。

「す、すみません、郵便屋さん……」

今にも倒れそうになりながら、いつもの配達員に礼を言った。

「僕は大丈夫ですよ。あのワンコちゃんは、江戸川さんちのラブちゃんですね。首輪外れちゃったのかなぁ。見つけたら、連れていきますね」

「お、お願いします……」

息ができない。苦しくて吐き気がする。その場に座り込んで、配達員を見送った。

「若旦那様、大丈夫ですか？　せっかくの背広がボロボロですわ」

アヤさんが慌てて俺の傍らに来て、膝をついた。

「どうせ安物だし……。ルナは？」

「大丈夫だよ」

ルナは一見平然と立っていたが、着物は見事に崩れていた。

「なんで家の中に逃げこまないんだよ！　危ないだろ！」

「……犬の毛がほしかったから」

「毛？　なんで」

「絵筆が作りたかったの！」

思い出した。百年厨房で、アヤさんが言っていたことだ。

——陶画の絵具って鉱物体で重いそうです。普通の筆ではうまく描けないから、自作するのですって。材料がスゴイのですよ。犬がケンカする時、首すじの毛が逆立ちますでしょ？　その毛をハサミで切り取って作るんですって——

ルナはべそをかきながら続けた。

「アヤさん、七夕の短冊に絵筆欲しいって書いてたから。ルナ、怒った犬の毛が欲しかったんだよ。お誕生日のプレゼント……」

なんだそりゃ。叱れないじゃないか、俺。

「おルナ様……筆……筆なんかいりません。もういらないんです……。おルナ様が無事でよかった」

アヤさんはルナを抱きしめて、肩を震わせた。

俺も何か褒めてやらなきゃ。しばし考えて、言葉を選んだ。

「ルナ、よく郵便屋さんに『助けて！』って言えたな。それは偉い」

「アヤさんが言ってたもん。怪しい人に襲われそうになったら、郵便屋さんに助けてもらえって」

「ああ……そうか。記憶力いいな、お前」

ハハハと笑い、座ったまま天を仰いだ。

結局、散歩していたヨシエ婆が犬を見つけて江戸川家に連れて行ったらしい。郵便屋さんがそこに来たらしく、早々に江戸川婆の息子が箱入りりんごを車に載せて、謝りに来た。

夕方近くに段ボールを抱えて帰ってきた篠原は、ことの顛末《てんまつ》を聴いて心底悔しそうに地団太を踏んだ。

「その場にいたかったー！　あたし、ＳＮＳのアカウント名を『わんダフルゆかりん』ってするほど犬好きなのに。あー、市議の相手なんかしたくなかった。質問なんて、一つだけなんだよ！　しかも、どうでもいい内容でさ。まずは検索しろっての」

「その割に、戻るの遅かったな」

「ホームセンターに寄って買ってきたの、柿の苗だよ！」

篠原は、抱えていた段ボールを開いた。三十センチメートルくらいの、か弱そうな苗がプラスチックのポットに生えている。

部屋着に着替えたルナが大座敷に来て、段ボールを覗き込んで嬉しそうに訊いた。

「ゆかりん、この苗って甘柿？　渋柿？」

「渋柿！『みょうたん』って品種だよ。渋を抜くとメチャウマいんだって。八年後に、みんなで干し柿作りをしよう！」

「うん！」

「石庭君、どこに植える？」

「適当に、そのへん」

「ダメ！　日当たりのいいところだって」

結局、ルナの成長祈願ということで、屋敷神への階段の右隣に植えることにした。最初に、三十～五十センチの植え穴を掘らねばならないそうだ。俺がその役を仰せつかった。さっきの山道下りの痛みがイッキに来ている。正直、つらい。

やっと作業を終えて着替えた俺は力尽き、自室で倒れているとアヤさんの優しい声が襖の向こうから聞こえてきた。

「若旦那様、大座敷に祝膳のご用意ができました」

「そうか、昼メシ食えなかったもんな」

起き上がろうとしたが、ダメだ。体が言うことを聞いてくれない。

「後でいい……。みんなで食ってください。俺の分、残すのを忘れずに……」

そこへ、ドスドスと足音が聞こえた。見ずとも分かる。音の主は篠原だ。

「やったー、思いきり食べよう!」

「若旦那様、ヨシエさんにも少しお持ちしてよろしいですか?」

「呼んで来ていいですよ……ルナのお祝いだし」

そこまで言うと、目を瞑《つぶ》る。

いろんな疲れが出たらしく、そのまま熟睡してしまった。ゴジラみたいな犬に襲われる夢を見て、助けてと叫んだところで目が覚めた。寝過ぎて頭が痛い。窓からの光の感じだと、もう朝だ。

「今、何時だ。いつも、朝メシの香りで目が覚めるのに変だな」

目をこすり、洗面所に行こうと襖を開けると、大座敷は「宴《うたげ》のあと」だった。

皿はすべて空だ。空の酒瓶が散乱し、成人女性三人組が死んだように寝ている。

「おじさん。ルナの朝ごはん、どうするの」

茫然とする俺のところに、ルナがパジャマ姿でやって来た。

「お母さん、こういう時多かったから、ルナはコンビニにおにぎり買いに行ってたんだ。ツナマヨが好き」

「じゃあ、たまにはそうするか」

俺とルナはそっと家を抜け出し、車でコンビニへ向かった。

「もう九時か……。そうだ、ルナ。帰りに家電量販店へ行こう」

「なんで？」

「立派なストーブを買う。今日は、アヤさんの誕生日だからな。プレゼントだ！」

「うん！」

「ルナには、来月サンタのおじさんが何かくれるはずだ。欲しいもの、後で教えろよ。伝えておいてやる」

「ハムスター」

「……サンタさんは、生き物の配送はしないらしいぞ」

奮発して買ってきたレトロな大型石油ストーブは、「百年厨房」にしっくり合った。

これで、アヤさんが風邪を引くリスクは下がったろう。

そして、大谷の寒さが本格化する十二月。

みんなで作った干し柿が、カーテンのように我が家の軒先を飾っていた。

しかし、毎日干し柿を観察していたヨシエ婆が、今日は塀の上から顔を見せない。

アヤさんが心配になって様子を見に行き、慌てて帰ってくるなり叫んだ。

「若旦那様！　大変ですわ、ヨシエさんが……！」

軒先に吊っていた柿が一つ、ポトンと落ちた。

第五章　ベーキャップルをあなたに

予算関係のすったもんだは十二月まで続き、結局、来年度のシステム更新は従来通りの機器構成で行くことになった。資料作成もひとまず終了し、財務課から予算額の内示も出た。

これで、年明けまでは一段落だ。定時で上がれば、夕メシの時間に間に合う。

アヤさんとルナが来て以来、朝メシだけはみんなと共にしていた。通勤前だからバタバタして落ち着かないけど、誰も食事に文句を言わないから、別にイヤなものではなかった。

家に帰り、みんなで食卓を囲む。時間に追われることなく、のんびりと一つの皿をつつく。今日あったこと、楽しかったことを語り合いながら。そんな、ＣＭやドラマでしか観たことがない場面に、俺がいる——。

でも、イヤじゃない。どこかくすぐったい。一人の時間が減っても、いいよな？　と心の奥底にいる裸の自分に問いかけた。みんなが寝静まってからいいよな。

コインランドリー通いも、もうやめる。自分の洗濯物は、みんなが寝静まってから洗濯機に放り込んで、朝イチで回収すればいいんだ。

そう決めて、鼻歌を歌いながら帰った十二月十七日。コタツの上には夕メシどころか、オヤツも用意されていなかった。

大座敷でネクタイを外しながら、今朝のことを思い出した。

アヤさんが百年厨房に入る時、いつも塀の上から顔を出して挨拶するヨシエ婆の姿がなかったそうだ。心配したアヤさんが見に行くと、高熱を出して寝込んでいたらしい。その後の様子を訊こうにも、アヤさんの姿が無い。

ルナが「おじさんお帰り」と襖を開けた。

「アヤさんは？」

「ヨシエお婆ちゃん家《ち》」

イヤな予感しかない。急いで中の間に行くと、篠原がコタツに顎を乗せていた。滅多に見ない暗い顔だ。

「ヨシエ婆、ヤバいのか？」

「見てくりゃいいじゃん。隣なんだから」

珍しく機嫌が悪い。退散しようとすると、玄関の戸が開く音が聞こえた。アヤさんだ！　使い捨てタイプのマスクをしている。

「あら！　若旦那様、今日はお早いんですのね。今すぐ、夕飯の用意をしますわ。お料理はできていますので、並べるだけです」

「ヨシエ婆の様子、どうだった？」

「お熱が高くて、朦朧《もうろう》と……。数年前に流行《はや》った、スペイン風邪の症状に似ていましたの。ですので、ゆかりん様にマスクを買ってきていただきました」

「スペイン風邪？」

煎餅をバリバリ音を立てて食べながら、篠原が答えた。

「いわゆるインフルエンザ。大正七年から十年のころに全世界で流行ったのよ」

「はい。お医者様に往診していただいたのですが、その……インフルなんとかだと」

「いっそ、入院させた方がいいんじゃないのか？」

「ヨシエさんが、この家から離れるくらいなら舌噛んで死ぬとおっしゃいまして」

篠原は茶を飲みながら、諦めたように首を横に振った。

「ヨシエちゃんじゃ仕方ない。あたしもこまめに様子を見に行くよ」

「しかし、アヤさんがマスクを知っているとは。大正時代にもあったんですか」

彼女の口元を指さすと、目が笑った。

「スペイン風邪が蔓延《まんえん》した時、国の推奨で、みんなマスクをするようになりましたの。しないと、『マスクをかけぬ命知らず！』なんて言われてしまいまして。あ、うがいをしなくては」

アヤさんは、ささっと中の間を出ていった。

「そんな大変な時代があったんだな」

「いつだって大変なんだよ」

やっぱり機嫌が悪い。おそらく原因は博物館の行く末だろう。上から何か言われたのかもしれない。

アヤさんは夕メシの支度を終えると、自分は食べずにヨシエ婆の家に行ってしまった。せっかく定時で上がってきたのに食卓が暗い。空気が重い。やはりテレビを買っておけばよかった。無言で食べる篠原に、無敵のルナはあっさり訊いた。

「ゆかりん、何か怒ってるの？」

篠原は、泣き真似《まね》をした。

「訊いてくれるのはルナちゃんだけだよお。イヤらしいわよね、ホント。大人の世界はイヤらしい。文化行政なんて、報われないんだ」

髪をぐしゃぐしゃと掻きむしりながら、篠原は天を仰いだ。

「ああー！　いやだ、宮勤めなんかいやだ。市議も上司もいない、お給料はいっぱい、好きなことだけできる、そんな世界に転生したい！」

「存分に好きなことやってるじゃないかよ」

呆れる俺に目もくれず、篠原は勢いよく立ち上がった。

「ダメだ。こんな精神状態じゃよくない。ヨシエちゃんのところにお見舞いに行って、ナイチンゲールのような心になってくる」

「俺も行くか。顔見に」

「ルナも行く！」

「子どもはやめとけ、何かあったら困る」

ルナはむくれて、畳に大の字になった。

隣家とは言え、ヨシエ婆の家に行くのは久しぶりだ。婆が二十歳のころに建て替えたそうで、かなり高く土盛りをし（覗き見をするためだと俺は信じている）、蔵数こそ二つだが、木造の母屋と共に風格を漂わせている。歴史を感じる調度品も見事だ。

後継ぎもつき合いのある親戚もいないらしいが、ヨシエ婆に何かあったらこの家はどうなるんだろう。

篠原は、布団に横たわるヨシエ婆の耳元で怒鳴った。

「ヨシエちゃん！　具合どう？」

「……大丈夫だ……帰れ……」

これは大丈夫じゃない。普段のヨシエ婆だったら「大丈夫じゃねぇ！　一日オラのそばにいて、世話しろ！」くらいのことは言う。俺はアヤさんを振り返った。

「ヨシエ婆、何か食ったの？」

マスク姿のアヤさんは、首を横に振った。

「お粥《かゆ》を、一口だけです」

全然大丈夫じゃない。普段のヨシエ婆だったら「粥なんか力がつくかー！」と、カツ丼の出前を注文するところだ。

アヤさんは篠原の隣に来て、正座した。

「点滴をしていただきましたので、とりあえず栄養的には大丈夫かと」

「何か作ってあげたら？　ヨシエちゃんの好物」

「なんでしょう。若旦那様、ご存知ですか？」

「知るワケない」

「いい、直接訊く。ヨシエちゃん！　何か食べたいものない？　買ってくるわよ！

石庭君が」

「俺かよ！」

「……キャップル……」

「え？」

篠原は、ヨシエ婆の口元に耳を寄せた。

「……ベー……キャップル……食べ……てぇ……」

「ベーキャップル？　何それ。ヨシエちゃん。詳しく教えて」

「……」

何も言わないまま寝入ってしまったヨシエ婆の顔を、アヤさんは心配そうに覗き込む。

「あ、あの若旦那様。もしもお許しくださるのでしたら、ヨシエさんが回復されるまで、私がこちらに泊まり込んで、お世話をさせていただいてよろしいですか？　みなさまの食事の用意はできますが、ほかの家事は……」

俺より早く篠原が答えた。

「大丈夫、大丈夫。ゴミ溜めの中で生活したって死にやしないし、パンツなんか数日替えなくたって問題ないわよ」

「問題ある！　俺はちゃんと毎日洗濯してるんだぞ」

結局そのままアヤさんを残して、二人で家に帰った。

「ベーキャップルねぇ。あたしでも聞いたことないなぁ」

中の間のコタツでインスタントコーヒーを飲みながら、篠原は考え込んでいる。向かいに座る俺は、携帯のｉモード検索をフル活用してみた。

「全然ヒットしないぞ」

北側の襖が開く音がして、ルナが顔を覗かせた。

「ベーキャップルってなに？」

「ヨシエちゃんが食べたいって言ってるんだけど、それがなんだか分かんないの。食べて体力つけてもらいたいんだけどなぁ。心配だよ、歳も歳だし」

「おい、ルナ。俺たちにインフルエンザのウイルスがくっついてるかもしれないから、こっちに入るなよ。子どもはさっさと寝ろ」

ルナは頬を膨らませて、思いきり音を立てて襖を閉めた。しかし、襖の向こうはルナの部屋。どうせ丸聞こえだ。

篠原は半纏《はんてん》のポケットからスマホを出して、ロックを解除した。

「あたしのツイッターのフォロワーさんに聞いてみる。五万人くらいいるし」

「なんでそんなにいるんだよ！　芸能人クラスじゃないか」

思わず、声が上ずった。

「先月始めた時は、百人いるかどうかだったの。それもみんな、あたしのファンか学芸員仲間でさ。それが、画像付きでアヤさんのレシピを紹介するようになったら、増え始めたんだよ。冷やしコーヒーで火がついて、れもんミルクで野火のように広がり、源氏飯でイッキに増えて、壺飯で大ブレイク。今じゃ、世界規模でフォロワーさんがいるんだよ」

「へぇ」

感心しながら、篠原が淹れてくれたコーヒーを飲んだ。すごくぬるい。

彼女の指が、猛スピードで画面の上を動く。

「よし、『拡散希望、ベーキャップル。これが何か分かる人いますか。人の命がかかっています！』……ほら見て、すごい勢いで拡散されてる」

顔を画面に近づけた。リツイートを示す数字が、あっという間に増えていく。

「すげぇ」

「リプライ来たよ。『ベースボールキャップじゃないですか』。ダメだな、追記しなきゃ。『食べ物です』っと」

その追記も、みるみる拡散されていく。

「案外、普通の食い物じゃないのか。具合悪い時に食べたいんだし」

「石庭君なら、そういう時は何食べたい？」

「源氏飯に決まってるだろ」

「あたしも」

俺たちはガッチリ握手をした。

「ただいま戻りました」

疲れた声が玄関から聞こえ、アヤさんがマスクを外しながら部屋に入ってきた。

「ヨシエさんは眠っていらっしゃいます。私、お風呂をいただいてよろしいですか」

「アヤさん、お疲れモードだよ。まずは一休みして。あたしが腕によりをかけてコーヒー淹れるね！」

篠原は盆に伏せてあるコーヒーカップをつかんだ。

「沸騰してるか確認してから淹れろよ！　粉の量と湯の温度だけ守ればできるはずだろ。普通のインスタントなんだから」

「このバチ当たり男。この粉に、どれだけの苦労と人間ドラマが詰まっているか。あぁ、可哀そうな開発者たち。今の『普通』のありがたさが分からない恩知らずがここに」

「その逆も然《しか》りだろ。昔の『普通』が、今じゃ『バズる』ネタだし。源氏飯に壺飯、これもんミルクに冷やしコーヒー……」

篠原が淹れたコーヒーを口に含みながら、アヤさんは首を傾げた。

「私のお料理ですわね。ばずる？」

「ＳＮＳで爆発的に話題になることですよ。ここ数年で出てきた造語」

「若旦那様、どういうお話をされてますの？」

額に皺を寄せるアヤさんに向けて、篠原はスマホの画面を見せた。

「あたしが書いたツイッターの投稿が、世の中で話題になっているってこと。要は、アヤさんが百年厨房で作り出す料理が、世界中で大評判なのでございます！」

「どうやって分かりますの！」

アヤさんは、ものすごい勢いで篠原の隣に来て、画面を覗き込んだ。

「これが、さっき書いたベーキャップルの質問投稿。で、星の記号が『良い投稿ですね』とか『見ましたよ』って意味。この四角矢印が、『みんなに教えたい』って、読み手が複写──自分のツイッターで紹介するの。それが『リツイート』ってこと」

「私が……いえ、私のお料理が、世の中で話題に！」

アヤさんは紅潮した両頬に手を当てた。

「反応すごいよ。投稿への感想や意見も、すぐ分かるんだよ。この、吹きだしみたいな記号はリプライ──返事ってこと」

「反応が、すごい……」

アヤさんの顔がとろけそうだ。いつも静かに微笑んでる印象だけど、割と喜怒哀楽がある人なんだろうか。半年近く一緒に暮らしていても、まだ理解できない。

「しかし、アヤさんでも知らないんだねぇ、ベーキャップル。いろんな家のいろんな台所を覗いて来たんでしょ」

篠原の言葉でアヤさんは現実に戻ったようだ。真顔になる。

「銀座のカフェーで女給をした時も、メニューにありませんでした。現代のお料理ではありませんの？」

「だったら、少なくとも検索には引っかかると思うのよね」

ふと、思い出した。ネットワーク機器更新の説明をした時、課長は何て言った？

——なんでそんな名前なの。ワケ分かんないじゃない。そうだ、もっと分かりやすいように、あだ名つけようよ——

「もしや、仲間うちの隠語とか。あとは、超局所的な方言の可能性は？　ヨシエ婆の行動範囲なんて、大谷と街中くらいだろ」

「そうか！」

篠原の指が、再びスマホの画面を滑る。

「追加でツイートする。えーと、『宇都宮におじいちゃんおばあちゃんがいる人、ベーキャップルを食べたことがあるか、訊いてちょうだい』」

五分ほど経ったころ。

「キター！」

篠原がスマホを見て叫んだ。

「えっ！」

興奮した様子で、早口で続ける。

「焼きりんごだって！」

「焼きりんご？」

俺とアヤさんの声がハーモニーになった。

「リプライくれたの、宇都宮在住の人だ。『おばあちゃんが子どものころ、スガノさんで食べたそうです。メニューにはベイクド・アップルと書いてあったけど、女給さんは、みんなベーキャップルと言ってたらしいです』……スガノさんか！」

「スガノさんってなんだよ」

宇都宮生まれの宇都宮育ち、いわゆる「宮っ子」の篠原は、呆れ顔で俺を見る。

「スガノ百貨店よ！　ほら、二荒山神社の両脇に新館と本館があった、愛称『スガノさん』。北関東最古の百貨店よ。二十世紀の終わりと共に閉店しちゃったけど」

「ああ……あったなぁ！　今じゃオフィスビルが建ってる場所だろ」

「お、リプライが続いている。『ベーキャップルを知らないと言うと、遅れてる～！と、友達にからかわれたという話です』。へえ～。さすがスガノさん。みんなの憧れだったのね。お礼をリプライしとくわ」

さっと操作を済ますと、篠原はアヤさんを見た。

「朝飯《あさめし》前だよね？　焼きりんごなんて」

アヤさんは右頬に手を添えると、記憶をたどるかのように天井を見上げた。

「焼きりんごといいますと、ベークト・アップルスでよろしいのかしら。アメリカ人宣教師のお宅で女中をしました時に、教えていただきました……それでしたら」

「りんごは箱であるぞ。こないだの犬の件で、江戸川婆の息子がおわびに持ってきたヤツ。長屋門から持ってくる」

「ああ、神様。どうか焼きりんごで正解でありますように。アヤさん、行こう！」

篠原とアヤさんは百年厨房へ、俺は長屋門へと走った。


炊事台で、アヤさんは手早く包丁を操った。

「まずヘタの部分を、穴が開かないようにくり抜いて、芯を捨てまして……」

その言葉を言い終わらないうちに、あっという間に四つのりんごの芯をくり抜いた。

「全体をフォークで突き刺します。くり抜いた跡に砂糖を大さじ一杯ずつ入れましたら、焼き皿にりんごを並べまして、お水を七、八勺入れます。お水にも砂糖を少し。テンピに入れて焼きます」

「テンピってなんだ？」

アヤさんが七輪の上に置こうとしているものは、ブリキの箱にしか見えない。

「昔のオーブンだよ。いろいろあるけど、これは七輪に置くタイプ。上にも炭火を置けるんだよ」

「すげえな」

「あとは、お汁《つゆ》をかけながら、柔らかくなるまで焼くだけです」

数十分の時間が、数時間にも感じられる。篠原は、「早く焼けろ」とつぶやきながら、テンピに両手を向けて念を送っていた。

「できましたわ！」

アヤさんは、テンピから焼き皿を取り出した。

りんごの赤黒い表面は熱で波うち、果汁が肌を流れている。一つを白い小皿に載せスプーンを添えると、火の始末をするというアヤさんを置いて、俺と篠原はヨシエ婆の家に駆け込んだ。

「おい、ヨシエ婆！　アヤさんが作ってくれたぞ、ベーキャップル！」

耳元で叫ぶと、ヨシエ婆は一瞬目を開けてちらりと皿を見たが、つらそうに再び目を閉じた。

「私の作り方が、違うのでしょうか」

遅れて来たアヤさんが、今にも泣き出しそうな顔で皿を見つめる。

ヨシエ婆の体から何かが抜けていく気がする。気力か？　まさか魂じゃなかろうな。

「ちきしょう、これじゃねえのかよ、ベーキャップル！」

「そうだけど、違うな」

その声は――。

振り返ると、そこには江戸川婆が立っていた。手に風呂敷包みを持っている。その隣に孫娘の紗枝ちゃん。そして背後に……ルナ！

「ルナがワタシの家に来たんだ。『ヨシエおばあちゃんが死にそうで、ベーキャップルが食べたいって言ってる。アヤさんが作ってるけど正解なのか分かんない』とな」

俺たちの視線を浴びて、ルナはバツが悪そうにもじもじした。

「じゃ、江戸川婆……。いや、江戸川さんはご存知で？」

「知ってるから、来たんだんべよ。いいか？『ベーキャップル』が食べたいんだべ？『焼きりんご』じゃねえ、『スガノさんのベーキャップル』だ」

「どう違うんです」

俺を見てため息をついた江戸川婆は、頭を小刻みに振った。

「スガノさんは、みんなが憧れた百貨店だんべよ。きらびやかな大食堂、おしゃれな格好をしたキレイな女給さん。あのころの子どもたちの夢が詰まってたんだ」

江戸川婆の言葉にちりばめられたパズルのピースが、嵌《はま》っていく。できあがった絵は……ベーキャップルだ！　俺だけでなく、篠原も同じらしい。

「分かった！　アヤさん、ちょっと家に戻ろう！」

そう叫んだ篠原は、アヤさんの手を握って出て行ってしまった。

「ほら、ワタシからの見舞いだあ」

江戸川婆は、風呂敷包みを差し出した。平べったい箱が入っているらしい。受け取ると、熱を感じる。なんだろう。

「ピザだ。ワタシん家の今日の夕飯は、石窯で焼いたピザだかんな」

「ずいぶんハイカラで……」

素直に頭を下げて、受け取った。

「紗枝ちゃん家、スゴイんだよ。お庭に、大谷石の大きい石窯があるの！」

両手を広げて、ルナが興奮したように叫ぶ。ピザ用の石窯というと……近所の物産館で三十万円で売っているヤツか、もしや。

「ベーキャップルで元気が出たら、ヨシエ婆さんにそれ食わせてやれや。女ボスの地位に就くほど、ワタシは歳とっちゃいねえかんな。まだまだ、頑張ってもらわねぇと。ついでに言うと、ラブの件はこれで帳消しだかんな」

江戸川婆は後ろを向くと、すたすた歩いていった。

「ありがとう……ございます」

ホンの一瞬だけ、江戸川婆は立ち止まった。

「あ、あの家庭教師にも、ピザやるんだぞ！」

もしや、江戸川婆も篠原ファンなのか。

紗枝ちゃんは手を振りながら、江戸川婆について出ていく。

楽しそうに手を振り返すルナに、驚いて声をかけた。

「ルナ、仲良くなってたのかよ、あの子と」

「うん、学校で同じクラスだもん。ラブとも遊んでるよ。でも、あのお婆ちゃんにおうちのこと聞かれても、分かんないって言うようにしてるから、安心していいよ、おじさん」

ルナが成長している。自分の世界を広げている。俺が知らない間に……。

なんとなく寂しい気持ちに浸っていると、篠原の叫び声が響き渡った。

「お待たせー！　あたしのコレクションが火を噴いたー！」

地響きのような足音を立て、アヤさんの手を引いた篠原が入ってきた瞬間、ルナが叫ぶ。

「キレイ！」

「すげえ。派手な着物と膨らんだ髪。古い映画の女優さんみたいだ」

篠原はふふふと笑い、右の人差し指を立ててワイパーのように動かした。

「石庭君、物事は正確に。鳩羽《はとば》色の地色にミヤマカイドウの赤い実、苔《こけ》色の葉が描かれた錦紗《きんしゃ》の着物に、撫子《なでしこ》模様の昼夜《ちゅうや》帯。さらに白いエプロン。大きな赤いリボンに束髪で、当時のハイカラ女給さんを表現してみました。さすがアヤさん、銀座のカフェーで女給やってただけある。雰囲気出てるわ」

照れた様子のアヤさんは、盆にもう一度、焼きりんご……いや、ベーキャップルを載せた。

「アヤさん、打ち合わせ通りにね、よろしく！」

「お任せください」

アヤさんは息を一つ深く吐くと、キリリと前を向いて、座敷に歩を進めた。

「お客様。お待たせいたしました。当店自慢のベイクド・アップル——ベーキャップルでございます。どうぞ、ご賞味くださいませ」

「………」

ヨシエ婆は、閉じていた目を開けた。ぼんやりとした目を、こちらに向ける。

「……ベーキャップル……スガノさんに来たのけ……オラ……」

「さようでございます、ご注文されたのは、そちらのお嬢様ですね？」

「……父ちゃん……母ちゃん……やった……ベーキャップルだ……」

ヨシエ婆は、もぞもぞと動いた。篠原が慌てて婆の傍らに行き、その体を起こした。そして、耳元に大きな声で叫ぶ。

「さぁ、ヨシエ！　思いきり食べろ！　お前、ずっと食べたいって言ってたもんな！　母ちゃんも、嬉しいぞ！」

「……うん……さすが……スガノさんだなぁ……女給さんも……きれいだ」

ヨシエ婆は手を皿に伸ばそうとするが、力なく布団の上に落ちてしまう。アヤさんは慌てて正座し、スプーンでベーキャップルをホンの一口すくうと、ヨシエ婆の口元に運んだ。

「……………」

ヨシエ婆は、シワシワの口を弱々しく開け、そのスプーンを受け入れた。何度か口を動かす。

「……オラ、こんなうんめぇもの食ったことねぇ……。父ちゃん……母ちゃん……。オラいい子でいるから……また……また連れてきてくれ……また……」

「ヨシエちゃん？」

篠原は、抱えるヨシエ婆の体を揺り動かす。しかし、老いた体からは力が抜け、目が閉じていく。

「おい、ヨシエ婆！　しっかりしろー！」

俺の叫び声が、夜の静寂を破って石山に響き渡った。

翌朝。

「いやー、いい夢見たなー！　小さいころスガノさんで食べた、ベーキャップルの夢だー！」

ヨシエ婆は布団の上に正座をし、ガハハハと笑いながらお茶を飲んだ。

一晩中、婆のそばにいた俺と篠原とアヤさんはゾンビのようになりながら、力なくうなずいた。

「そうか、良かったな、ヨシエ婆……」

篠原は、さっきコンビニで買ってきた栄養ドリンクの蓋を開ける。三本目だ。

「夢じゃないよ。死にそうな声でベーキャップルが食べたいっていうから、あたしが一生懸命調べて、アヤさんが作ったんだよ」

「なんでも作れるんだな。でも、ベーキャップルじゃ足りねえ。ありゃオヤツだ」

「じゃあ、お粥を用意してまいりますわ」

アヤさんは慌てて立ち上がった。

「粥？　そんなんじゃ、力が抜けちまう！」

「そうだ、コタツの上にピザがあるぞ。昨日……」

いや、江戸川婆のことは黙っておこう。

「ピザ？」

アヤさんは首を捻った。

「あら、イタリアの、斜塔があるところですか？」

「イタリアの、アヤさんが知らないとは。てっきり、イタリア大使宅で女中をして、ピザ回しまでマスターしているかと思ったわよ」

篠原は這うように来て箱を開けた。疲労困憊《こんぱい》の顔が、イッキに輝く。

「いいね！　缶詰マッシュルームにサラミにタマネギ、ピーマン、コーン！　教科書のような家庭的ピザ。最高じゃん。アヤさん、人生初ピザを食べなよ」

「おい、もう冷えてるぞ」

「リベイクがベストなんだけど、みんな力尽きてるし。石庭君家《ち》のレンジでチンしてきて。当主様」

「俺かよ！」

しかし、今回いちばん役に立っていないのは俺だ。素直に従った。せっかくなので、検索して「冷えたピザをフライパンで復活させる方法」ってのをやってみた。フライパンにホンの少しの水を入れて、蓋をして焼くらしい。俺も、気が利くようになったなぁと妙に感心した。

「やっぱり、洋食は力が出るなー！　うめえ」

ヨシエ婆が布団でピザを食べながら、はち切れそうな笑みを浮かべている。

コタツに座る篠原は、六分の一カットを大切そうに持ち上げた。チーズが伸びに伸びる。まるで白糸の滝のようだ。

「ウマい！　アヤさん早く来て食べな！」

前掛けで手を拭きながら、アヤさんがこちらにやってきて座った。ピザを興味深そうに眺めると、素手で一カット持ち上げる。

「まぁ！　伸びる、伸びるわ！」

生地から雪崩《なだ》れ落ちるチーズに頬を染め、細い先端を口に含んだ。手を伸ばし、チーズの糸引き加減を楽しんでいる。

「！」

慌てて咀嚼すると、咳込みながら残りのピザを指さした。

「おいしゅうございます！　あ、熱い……」

「おい大輔、おかわりくれや」

「しかし、ヨシエ婆の体力と気力はすげえな」

皿にピザを載っけて渡すと、ヨシエ婆は一瞬真顔になった。

「まだ死ぬワケにはいかね。虎雄さんとの約束がある」

「約束？　じいちゃんと？　どんな」

「秘密だ」

「なんだそりゃ。……疲れた……俺は戻って寝る……土曜日でよかった」

「あたしも」

篠原と連れ立って帰ると、大座敷のコタツでルナが一人ポツンと座っていた。しまった、ルナの朝メシどうしよう。残りのピザはヨシエ婆の胃袋に直行しちまった。

「ルナ、コンビニにツナマヨおにぎり買いに行くか？」

首をぶんぶんと横に振ると、ルナは冷たい視線を投げてきた。

「ベーキャップルが食べたい」

「百年厨房にまだ残ってたはずだ。レンジでチンして食え」

「うん」

一転、笑顔を浮かべてスキップで出て行くルナを見送りながら、ため息をついた。

「好物より、ベーキャップルか」

篠原はインスタントコーヒーを淹れ、大きなアクビをした。

「そりゃ、由来を知ったら食べたいよ。なんてことない普通の物でも、そこにドラマがあることを知れば、一味違うもん」

そりゃそうだ。自分のコーヒーをセルフで淹れながら、妙に納得した。

静寂の中、二人がコーヒーをすする音だけが響く。珍しく真剣な表情で、篠原が口を開いた。

「ねぇ、石庭君。正直なところ、アヤさんに大正時代に戻ってほしい？」

「当たり前だろ。戻りたいって泣いてたんだし。ルナが心配だが……あいつも成長してるしな」

篠原もいるし、とは口が裂けても言わない。

じっと俺を見て、篠原はからかうように笑いだした。

「自分の成長には気づかないんだねぇ」

「な、なにが」

「ちょっと前の石庭君なら、『いないと食事に困るから戻らないでほしい』もしくは『いると俺が一人になれないから帰ってほしい』って、自分視点だったよね。他人視点で考えられるようになったんだ」

「うっ……」

「ピザも、電子レンジでチンでいいって言ったのに、ちゃんと調べておいしくなるように温めてくれたしね」

「うるさいうるさい」

「そして、あたしと結婚なんて、考えるのもおぞましいなんて言っていたのに、手は握るしねぇ。ほーっほっほっほ」

「あれは、ただの握手だろうが！」

「はいはい」

両手で頬杖をつき、目尻を下げて俺を見つめている。嬉しいのか、からかっているのか。

「そ、そもそも篠原はなんで、俺と結婚したいんだよ。だ、だ、男女間の好意を持っているのか？」

「ううん」

あっさりと否定された。

「あたしの中の、愛という感情。それはすべて、趣味や学問に捧げているの。男女の恋愛なんぞに割く余裕はない。石庭君もそのタイプだと、あたしは思っている」

まさにズバリだ。やはり、俺たちは似た者同士なのか。

「しかし、世間というものはうるさいし、社会構造も既婚者に有利なものとなっている。さっさと結婚しとけば、面倒なことを言われることもなく、安心して趣味に没頭できるでしょ」

「だったら、同じ趣味のヤツ見つけりゃいいだろ。学芸員とか」

「それはライバルでしかない。君の領域は、あたしと全然関係ないしね。お互いに強固な自分の世界を持っているし、相互不干渉を求めるタイプでしょ。この家は広いんだもの、平和に住み分けできると思わない？」

なんか妙に納得してきた。篠原は意外に政治家とか実業家向きじゃなかろうか。

「そもそも、日本国憲法の規定は『婚姻は、両性の合意のみに基《もとづ》いて成立し、夫婦が同等の権利を有することを基本として、相互の協力により、維持されなければならない』。恋愛感情が必要だなんて書いてないでしょ。よって同等に協力して生活すれば、国に認められた夫婦なのでございます」

やばい、丸めこまれそうだ。徹夜疲れで、判断力が落ちているのか。もしも今、ペンと婚姻届を差し出されたら、サインしてしまうかもしれない。

足下を見たのか、篠原は畳みかけてくる。

「ルナちゃんだって、正式に養女になればお父さんお母さんができるワケでしょ」

「ア、アヤさんはどうなるんだよ」

「これを機会に戸籍を作って、彼女にも養子になってもらえば？　年下なら養子縁組できるんだから。そうしたらルナちゃんのお姉さんだよ。それに……アヤさんも、似たもの同士だと思うけど。あたしや石庭君と」

「全然違うだろ、何言ってんだよ！」

「ふうん？」

意味深な笑みを、篠原は浮かべた。

「ま、検討しといて。ヨシエちゃんも回復したし、とりあえずは年末年始イベントを楽しもう！」

「イベント？」

「まもなくクリスマス、大みそか、そしてお正月！　なんせ、アヤさんがいるのよ。どんな料理が繰り出されるのか、考えるだけでも萌えまくりでしょ」

「そりゃそうだな」

しかし、それらの楽しみはすべて無くなった。

俺がインフルエンザで倒れたからだ。

原因はもちろん、ヨシエ婆以外の何物でもない。マスクできっちりガードし、手洗い・うがいを徹底していたアヤさんは、全くもって無事だった。篠原はウイルスの方が逃げ出していく。

十二月二十三日の天皇誕生日の前日から悪寒を感じ、クリスマスイブに発熱。三日間人事不省に陥った。元旦には枕があがるようになったが、メシなんぞほとんど喉を通らなかった。

「ヨシエ婆があんなに回復早かったのに……。なんで若い俺がこんなに長引くんだ。

今までの疲れがイッキに出たんだなぁ。公私共に。ああ可哀そう」

大座敷のコタツに突っ伏したまま、つぶやいた。

しかし、傍らのファンヒーターが熱く感じるんだから、回復基調なんだろう。昨日までは寒くて寒くて仕方なくて、最強にしてもダメだった。

複数の足音が聞こえたと思ったら、襖がいきなり開いた。

「お！　石庭君、やっと起きられたんだ。二〇一一年、あけおめ！」

スウェットに半纏姿の篠原が、能天気に入ってくる。

「篠原、今日は何月何日だ……」

「一月三日でございます」

「年末年始休暇が終わっちまったよ」

「おじさん。あのね」

ルナが、篠原の背後から顔を覗かせた。

「入るな！　げほげほ。うつったら学校行けないぞ」

「だって、お年玉もらってないよ」

「分かった……とりあえずここには来るな。お年玉は今晩あげるから。そういや、サンタさんにルナの欲しいもの伝えるの、忘れてたな。すまん」

「ううん、いいんだ。だって——」

ルナは篠原の前に出て、嬉しそうに箱を掲げた。水槽だ。中にいるそれは——。

「見てー！　ハムスター！」

やめてくれ。冗談だろう。そう言いたいけど、硬直して言葉が出ない。

「紗枝ちゃんが飼ってるんだぁ。『ハム之介《のすけ》』っていうんだよ。明日まで、家族みんなでアメリカ旅行なんだって。ラブはペットホテルで預かってもらえるんだけど、ハム之介はダメなんだって」

ダメなのはこっちもだ。いくら相手がルナでも、言うべきことは言わなければ。

「ハムなんとかったって、ネズミだろ！」

「ハム之介だよ。預かっちゃダメなの？」

ルナの表情が大きく歪む。その背後にいる篠原が、鬼神のように俺を睨みつけた。

「わ、わ、分かった。とりあえず、絶対に逃がすなよ。絶対にだ」

「うん！」

嬉しそうに水槽を抱え、ルナは部屋を出て行った。

「俺がネズミ嫌いなの、江戸川婆もよく知ってるはずだ。公民館で班会議やった時、ネズミが出て、俺失神したんだから……。ハムスターを預けるために、ベーキャップルで恩を売ったな」

コタツに突っ伏すと、隣で仁王立ちする篠原の声が降ってきた。

「声に力がないね、石庭君。スポーツドリンクしか飲んでないからだよ」

「ネズミがいるのに、力が出るワケないだろ」

「若旦那様、何かお召し上がりになってくださいませ。栄養をつけていただかないと」

顔を上げると、アヤさんが縁側から顔を覗かせていた。正月早々拭き掃除だろうか。できた人だ。

「食いたくない……気持ちが悪くて……」

胃のあたりを押さえた。喉の奥から腸のあたりまで、ヘドロが溜まっているような気分だ。

「石庭君、具合が悪い時には源氏飯食べたいとか言ってなかった？」

「今の俺には、ネギの刺激もつらい」

「では、甘露梅をいかがですか？　みなさまで仕込まれたものができております」

この大座敷が夏に戻ったような気がする。ここで、みんなでワイワイ騒ぎながら作業分担したっけ。そうか、俺……一人じゃないんだ。洟が出てきそうになり、慌ててティッシュを探した。

「あれな。作ったのなんて、遠い昔のようだ」

「年末年始にあたしたちだけで食べたの。ウマかったよー！」

思い出から篠原だけ引き算したい。俺は冷たい声で言った。

「そうか、良かったな。自分たちだけで」

アヤさんは、すぐに持ってきてくれた。和菓子を載せるような漆塗りの黒い角皿に、竹楊枝が添えられて上品に一つ載っている。

「こんな色になるんだなぁ」

深い紫色と緑色が混じっている。一口で、口の中に放り込んだ。

「うめえ！」

梅の酸味と、紫蘇の風味と塩っ気、砂糖の甘さ。紫蘇の葉の引っつくような食感、梅のカリカリ感。ヘドロが浄化されていくようだ。悪魔は滅び去り、天使のファンファーレが胃の中に鳴り響く。これは……止まらない。

「アヤさん、おかわりお願いします」

「あの……実は、おルナ様がほとんどお食べになって。残りが、あと一個なんです」

「ルナが好きそうだな。確かに」

苦笑いしながら座布団で枕を作り、体を横たえた。

「いいよ。最後はルナにやってくれ。今年は、去年の十倍くらい作らなきゃならないな。大変だ……」

あの工程を思い出すだけで気疲れする。またみんなであの大騒ぎをしながら作るのか。それもまた……いいかもなと、くすぐったい気持ちに包まれながら寝落ちした。

梅パワーが効果を発揮したのか、翌朝目覚めた時、体力がかなり戻ってきているのを感じた。

仕事始めだが、係長に電話したら「解熱後五日間来るな。ついでに、年度末も近いからこれを機に有給休暇を消化しろ。人事課がうるさいから」と言われ、結局週末まで休むことになった。

「こんなに休むなんて、就職してから初めてだなぁ」

縁側で小春日和を満喫した。静寂に包まれているのは、博物館が四日まで休館中の篠原が休みを取り、ルナとアヤさんを連れて近所の寺に初詣に行っているからだ。

「なんだ、静かすぎると気味が悪いな」

一人でいることに、違和感を覚える。十年近くずっと一人きりだったのに。すっかり染まってしまった。

ふと、年末に篠原が言っていたことが脳裏をよぎる。篠原と法的夫婦になって、ルナとアヤさんは養女にという話だ。

考えてみれば、俺もルナもアヤさんも、今現在は天涯孤独の身だ。篠原も、すでに実家は無いようなもんだと言っていた。境遇が似た者同士が集まり「家族」となる。

「それも……いいかもな」

なんとなく心が揺らいだ、その時。

目の前——縁側の端を、小さい物体が走り抜けていった。

「ハム衛門《えもん》！」

いや、ハム之介だっけ。ルナの部屋から逃げたのか！　頭の中が真っ白になってい
る間に、縁側をコーナリングして消えてしまった。

捕まえなくては！　慌てて追いかけると、トイレにいちばん近い八畳の奥座敷——
アヤさんの部屋に入っていくところだった。襖の、ホンの少しの隙間を狙われたのだ。
どうしよう。そのまま襖を閉めてみんなが帰るのを待つ方法もあるが、もしも窓が
開いていたりしたら。やはり、今捕まえなくては。しかし、うら若き女性の部屋に許
可なく入るなんて。よし、タッチアンドゴーだ。すぐに捕まえ、すぐに出る。

静かに襖を開き、そっと覗き込む。

ここは、亡くなったオフクロの部屋だった。遺品の和簞笥《わだんす》、鏡台、座卓はそのまま
使ってもらっている。唯一記憶と違うのは、部屋の隅にあるノートの山。俺があげた
ものだ。アヤさん、こんなに日記を書いていたのか。

いや、気を取られるな。探すべきは——いた！　鏡台の前で、俺をじっと見つめて
いる。

いるのは分かっていても、いざ目の前にすると背筋が寒くなる。

恐怖の源は、いきなりこっちに向かってきた。慌てて避《よ》けると、足がノートの山に

引っかかり、山が崩れてしまった。

音に驚いたのか、ハム之介が硬直する。今だ。

素手で捕まえると、妙に生温かい体温が伝わってくる。ひいいと騒ぎながらルナの部屋に走り、蓋が開きっぱなしだった水槽にハム之介を入れた。回し車の上に乗っかり、ロックが不十分だった蓋から脱走したらしい。蓋を閉め、きっちりロックした。

終わった――。

あとは、崩れたノートの山を戻さなくては。アヤさんの部屋に戻ると、落ちた衝撃で何冊か開いていて、その中身が否応《いやおう》なしに目に入ってしまった。

平成二十二年八月十六日

秘湖の神殿へ

蒸し暑い朝のことです。

私は若旦那様に連れられて、お月様、紫の君とともに、秘められた場所へと小旅行。

平成の御世《みよ》では、すでに打ち捨てられし石の山。

若旦那様が藪《やぶ》を漕ぐこと半刻《はんとき》、現はれたのは鉄格子。四つの数字を合はせると鍵は開き、中は闇夜の如《ごと》し。私が脅えて居ると、

「そのまま動かずにいたまへ。僕が今灯りをつけよう」

頼もしく若旦那様が聲《こえ》を張り上げる。

読者の皆様方、さて、どのやうな光景が広がつたとお思ひでせう。


「なんだこりゃ」

これは、俺がお盆にルナたちを「秘湖の神殿」に案内した時の話以外の何物でもない。他人の日記なんて読んだことないから分からんが、こういう風に書くものなのか？　それに、「読者」？　第三者に読まれることを前提にしているのか？　これじゃルポルタージュじゃないか。

「正月早々『大凶』引くなんて、あたしも運がいいわね！」

庭から、女性陣の歓声が聞こえてくる。しまった、みんなが帰ってきた。

急いで崩れた山を戻し、縁側から大座敷に戻ろうとすると、庭が目に入った。

「！」

なんで、今まで気づかなかったんだろう。この縁側での出来事を。

アヤさんが初めてこの家に——この時代に現れた時だ。篠原は「祠の階段から、女

の人が転がり落ちてくる！」と言った。

しかし、俺はその光景を――見ていない。

俺が慌てて庭に行った時にはもう、アヤさんは篠原に抱き起こされていた。

宝塚の男役のような篠原には、熱狂的な女性ファンが多い。心酔している女性もいるだろう。篠原の言うことはなんでも聞いてしまうくらいに。

もしや、篠原がアヤさんに提案したのでは。

――大正時代からタイムスリップしてきた女中のフリをして、あの家にうまく入り込むのよ。一緒に、あの家を乗っ取りましょう。建物も蔵の中身も、全部手に入れるの――

ああ……そうだ、二回目の大谷フィールドワークの時。お母さんたちの歓声を受けながら去る篠原たちを、アヤさんは悔しそうな顔で見つめていた。

あれは――嫉妬だったんだ。篠原の近くで歓声を送るお母さんたちに。

アヤさんの知識とスキルは？　簡単だ。今の時代、ネットでいくらでも調べられる。篠原がレクチャーしたのかもしれない。台所の古道具をコレクションしていたんだから。

しかし、ヨシエ婆はアヤさんを覚えている。子どものころ、会ったと言っていた。

分かった、ヨシエ婆もグルなんだ！　だからアヤさんは、じいちゃんの冷やしコーヒーも事前に知っていて、木箱も用意したんだ。そして、何気なく言ったあの言葉だ。

「オラ家に養子に来て、園田の家も継《げ》げ！　そしたら、敷地が二倍だぞ」

あれは、俺じゃなく篠原に言っていたのか。

では、百年厨房の鍵はどうなんだ。

――きっと、認知症のじいちゃんが、蔵の鍵をヨシエ婆に渡したんだ。いや、婆は暇さえあればウチを覗いているんだから、元から鍵の場所くらい知っていても不思議じゃない。

鍵の持ち手に入っていた手紙だって偽造できる。そもそも、俺は読めなかったんだから、篠原が読み上げた内容が文字と一致しているのかすら分からない。

冷やしコーヒーの味だって――あんなの、じいちゃん以外証明しようがない。

一度疑い始めたら、もう止まらない。

そうだ、篠原の大学と院は横浜だったと言っていた。ルナの元の住まいも横浜だ。もしや、牧田と篠原は知り合いだったんでは。ルナの境遇を知って、篠原が全部計画した。だから、ルナもアヤさんも、同じ日に来たのか。

すべてが分かった。パズルのピースがピタリと嵌り、できあがった絵は「元の自分」だ。現実主義者で神も仏も信じない本来の俺。だったら、言う言葉は決まっている。

──タイムスリップ？　そんなもの、あるはずない！

しかし、二人を問い詰めようとしても、いざとなると勇気が出なかった。年度末ゆえの仕事の忙しさも相まって、何も言えないまま時が過ぎていく。節分の豆を女性陣にぶつけられても、バレンタインのチョコを三人（とヨシエ婆）にもらっても、ルナの桃の節句を祝っても、俺の心の中の「もやもや」は日々膨らんでいくばかり。もう、これ以上は耐えられない。そんな気持ちに苛《さいな》まれた。

その日は、三月中旬の穏やかな日だった。

職場で昼メシを食い終わった時、ルナの小学校から俺の携帯に電話があった。ルナが高熱を出して学校で倒れたので、車で迎えに来てくれという。

「ルナもついに、インフルエンザか」

病院経由でルナを連れて帰り、アヤさんが敷いてくれた布団に寝かせた。

篠原は出勤していて家にいない。ルナは寝込んでいる。ということは、俺とアヤさんの二人だけで話せる、絶好の機会がやってきたのだ。

「アヤさん、ちょっと……。外に出られますか」

家の中だとルナに聞かれる心配があり、庭だとヨシエ婆が覗き見する確信がある。

ヤマの頂上がベストだろう。

アヤさんを連れて、山道を登った。祠がある山頂に出ると、春を感じる風が吹き抜けていく。足元に見える家の庭では、ひらひらと梅の花びらが風に乗って飛んでいた。

「もう、七か月になるな。アヤさんが来てから」

「本当ですわね。あっという間ですわ」

アヤさんは庭がよく見える場所まで歩み出て、懐かしそうに屋敷神の祠を見下ろした。まるで、本当にあの階段を落ちてきたと言いたげな目で。

「アヤさん。全部、お芝居だったんだろ？」

「え？」

目を丸くして、祠の前に立つ俺を振り返る。

「篠原と結託したんだろ。この家を乗っとろうと。大正時代から来たなんて、大嘘ついて」

「嘘じゃありません！」

「タイムスリップなんて、あるはずない！　それに……別に読もうとしたワケじゃないけど、日記の中身が目に入っちまった」

アヤさんの動きが止まった。頬がひくひくと震え、強く握りしめた両手が白くなっている。なるほど、ビンゴか。

「読者って誰だよ。あの文章、どこに出すつもりなんだよ！」

手を振り回して叫んだ。俺は騙《だま》されていた。最初から最後まで、バカにされていたワケだ。一人暮らしの境遇につけこまれて！

「わ、若旦那様、落ち着いてくださいませ。危ないです。滑ったら……」

その時。

足元が揺れた。小さな揺れだった。俺が興奮しているから地面が揺れているように感じるのかと思ったが、止まらない。いつまでも止まらない。それどころか、だんだん強く——。

「うわっ！」

イッキに激しい揺れが来た。立っていられない、と思ったその瞬間。

雷鳴に似た、激しい音が響いたと同時に「とんがった背びれ」が折れ、俺の足元が……崩壊した。

「若旦那様！」

アヤさんの悲鳴が聞こえてくる。

崩れた祠や大谷石のカケラと共に、俺はヤマを転げ落ちていく。やばい、この先は露天掘りの地面だ。叩きつけられたら……。

――何かあったら、叫ぶんだぞ。「じいちゃん、助けて」ってな――

「助けて、じいちゃん！」

そう叫ぼうとしたが、声にはならなかった。

第六章　昔日のミルクセーキ

目が覚めると、辺りは暗かった。

夜になるまで気を失っていたのか。何時だろう。眼鏡は——している。スーツのポケットから携帯を出した。二つ折りのそれを広げると、暗闇にディスプレイの明かりが灯った。

「圏外？」

いくら大谷が田舎でも、自宅が圏外だったことはない。もしや、携帯電話の基地局が止まったのか。

あんなひどい揺れ、いったいどれだけ被害があるか。まずは、みんなの安否確認だ。そして職場に戻らねば。システム室のサーバ群、倒れてしまったんじゃなかろうか。今の世の中、システムがダウンしたら仕事にならない。災害対応で職員たちは大変なはずだ。庁内ネットワークの守護神たる俺がいなくては――。

唸《うな》りながら、体を起こしてあぐらをかく。特に痛みはないから、骨折はしていなそうだ。あれ、俺はヤマから落ちたはずじゃ……。ディスプレイをライト代わりにして周囲を見回す。ここ、家《うち》の庭じゃないか。それも屋敷神の階段の下だ。

月明かりが母屋を照らしている。見慣れた築百年近い石造りの家が……なんか違う。違和感の原因は――。

「なんで石屋根なんだよ」

うちは瓦屋根なのに。じいちゃんが言っていたじゃないか。石屋根は雨漏りがひどくて、昭和に入ってすぐ葺《ふ》き替えたって。

じゃあ、これは……。

何をバカなこと考えているんだ、俺は。ブルブルと頭を振った。汗が飛び散る。冷や汗じゃない。暑い！　三月なのに。

「旦那様、本当だっぺよ！　大きな音が聞こえたんだぁ。誰かいるのかもしんね」

「しんね、じゃなくて調べるんだよ、ユキ。お前は女中頭だろう！」

「そんなこと言われたって、怖かんべな」

男女の声が聞こえた。なんで我が家に俺以外の男がいるんだ。不審者だ。追い出さなくては。が、なぜか逃げ場を探してしまった。階段の脇に大きな木がある。七五三の時に渋柿の「みょうたん」を植えた場所だ。もうこんなにデカくなったのか？　いや、そんなことを考えている暇はない。木の後ろに飛びこんだ。

「ユキ、誰もいないぞ」

そっと覗くと、浴衣姿の男がカンテラをかざしていた。大谷フィールドワーク用に篠原に貸したやつで、坑内の採掘で使っていたもの。その光が照らす顔は……二十代中盤くらい。長い顔、分厚い唇、精悍《せいかん》な顔つきは、記憶にある。確か、蔵でじいちゃんと探しものをしていた時だ。古いアルバムの白黒写真を眺めていたら、覗き込んできたじいちゃんが言ったんだ。「これ、昔の俺だ」って――。

「南の空が赤い。あの号外、本当だったんだ」

若き日のじいちゃんそっくりの男はカンテラを置き、目を細めて遠くを見た。「ユキ」と呼ばれた恰幅《かっぷく》の良い四十くらいの女は、胡散臭そうに男を見る。

「旦那様が今日、バンバでもらってきたヤツけ？」

「そう。昨日の夜中に出た号外の第一号だ。『惨憺《さんたん》たる東京市の震災　大建築焼失』。写真が無くて文字だけだったから、どうにも信じられなかった。まだ鎮火していないなら、二晩燃えていることになるぞ」

「こんなに遠い城山村ですら、あんなに揺れたくらいだかんなぁ。東京なんか、大変なことになってっぺな。ここは、みんな無事でよかったなぁ、旦那様」

「無事じゃないだろ。アヤが見つからない。採掘坑に落ちたかもしれん」

「どさくさにまぎれて、逃げたんだっぺよ。あんなハイカラ美人に、ここの女中なんか勤まるはずなかんべ」

ユキに、俺はまじまじと見入った。日本髪、野暮ったい着物に前掛け。篠原がいたら「物事は正確に！」と文句たれそうだが。

〝旦那様〟は、カンテラを拾いあげた。

「明日、明るくなったら、みんなでもう一度探そう」

二人は母屋に戻っていった。

落ち着け、自分。冷静に今起こっていることを分析するんだ。

可能性その一。これは夢だ。生まれて初めて、自分の頰をつねってみた。痛い。

可能性その二。俺はヤマから落ちて死に、今は幽霊になっている。慌てて自分の首に手を当ててみた。指先から確かに伝わってくるのは、脈動だ。

夢ではないし生きているとすると、残る可能性は一つしかない。

アヤさんと同じように、タイムスリップしてしまった――大正十二年九月一日に発生した関東大震災の翌日に。

非現実的だが、それしか説明がつかない。

アヤさん、すまん。俺、疑ってひどいことを……。謝らなければ。そうだ、早く戻ろう。

月明かりの中、屋敷神への階段を上った。ケガをしないように細心の注意を払って、転がり落ちてみる。目を開けると、母屋の屋根は変わらず大谷石だ。

「冗談じゃねえよ」

みっともないほど震える手で、頭を抱えた。

「おい、誰だお前」

心臓が跳ねた。声の方向を、おそるおそる見る。塀の上から女の子が覗いていた。

このジト目は――。

「お前、ヨシエ婆か！」

「なんで婆さんなんだよ。オラはまだ七つだぞ」

「やっぱり！　とりあえず黙ってろ。そしたら、スゴイこと教えてやる」

「なんだ、スゴイことって」

……なんだろう。しばし考え、ひらめいた。

「ベーキャップルって、知ってるか」

「知らね」

「古いな、お前！」

ここぞとばかりに嘲笑した。

「みんなの憧れの的だぞ。スガノさんのベーキャップル。そのウマさは、とろけるよう。詳しくは、行ってのお楽しみだ」

「ヨシエ！　こんな夜更けに何やってんだよ、お前は！」

女性の声が響いたと思ったら、顔が塀から引っ込んだ。脚立から下りたんだろう。

「母ちゃん、スガノさんに連れてってくれよ！　食いてえもんがある！」

「なんで呉服屋でメシが食えるんだよ！　寝ぼけてんのかい！」

頭を叩くような音と、泣き声が響いた。

さて、どうしよう。ひとまず、どこかの蔵に隠れ……。

「おい」

声にならない悲鳴を上げて、振り返った。さっきの男がカンテラを持っている。

「さっきから物音を立てていたのは、お前だな。どこの誰だ。その軟弱そうな体じゃ、石工じゃねぇな」

「じいちゃん、俺だよ俺！」

オレオレ詐欺みたいだが、それしか言えなかった。じいちゃんは、眉を吊り上げた。

「誰がじいちゃんだ！　俺はまだ二十三だぞ！」

「俺はあんたの孫だ！　養子だから顔は似てないけど、名前は大輔」

「ウソつけ。なんで子どもをすっ飛ばして孫がいるんだよ。しかもお前、どう見ても三十過ぎじゃねえか。いくら養子ったって、孫が年上のワケねえだろ」

「ウソじゃない！　俺は平成……いや、八十八年後の未来から、時間をさかのぼってきたんだ」

「なんだお前。どこぞの病院から逃げ出してきたのか」

今なら、アヤさんの気持ちがよく分かる。何をどうやって証明すれば……。そうだ。

「実は、逆にアヤさんは未来――俺がいた時代に来ちまったんだ。だから行方不明なんだよ。アヤさん、甘露梅作ったろ？　で、じいちゃんが『お、甘露梅か。かつての吉原の味だな。アレはウマい』って言ったら、ばあちゃんが『あんた、いつ吉原に！』って怒って、全部捨てちゃった」

「なんで知ってんだ、お前！」

じいちゃんは目を見開いた。

「女中たちの目があるから、庭の隅でこっそりケンカしたのに」

ヨシエ婆、恐るべし。

「分かった、ヨシエだ。あいつ、いつもこの家覗いているからな。お前、さっきヨシエから聞いたんだろ」

ダメか。ほかに何か……ある！　必殺の武器が。スーツのポケットに右手を突っ込み、取り出した物をじいちゃんの目の前にかざした。

「『携帯電話』！　これは未来の電話機で、小型化されて持ち歩くこともできる。写真も撮れるんだぞ」

ドラえもんの気分になりながら写真メモリーを操作し、ルナの七五三の写真を出した。俺が撮ったみんなの写真——ルナ、アヤさん、ヨシエ婆、ついでに篠原が写っているものだ。

「見ろ！　アヤさんだ。そしてヨシエ婆。いや、ヨシエだ」

じいちゃんは目を見開いて、携帯電話を受け取った。

「こんな機械、見たことも触ったこともない……絵にしちゃ精巧すぎる。写真だな。色がついているのは初めて見るが。ああ……アヤだ。なるほど、ヨシエならこんな婆さんになるだろうな」

「信じてくれ！　俺、本当に未来から来ちまったんだ」

「……とりあえず、話は聞いてやる。今、そこの蔵を開けるから、ちょっと待ってろ。鍵を持ってくる」

力が抜けてその場に座り込んだ。足がガクガクと震える。膝を抱えて、大きな息を吐いた。

すぐに、じいちゃんがムシロと鍵を持って戻ってきた。屋敷神にいちばん近い蔵――ここは百年厨房と同じく、現代では開かずの蔵だ！　じいちゃんが手にしているのは普通の鍵で、俺は目にしたことがない。

じいちゃんが鉄製の扉を横に開くと、カンテラの明かりに照らされて蔵の中が見えた。

「ここ、書庫だったのか」

棚に書類やら冊子やらがみっしり詰まっている。

「お前がいたという未来では、違うのか？」

「違うも何も、分からないんだよ。その鍵のありかを、じいちゃんが教えてくれないまま、ボケて死……いや、あの……」

慌てて口を押さえる。

じいちゃんは、大きな声を上げて笑った。

「俺の人生は面白そうだな。聞いてやる。一から十まで、全部話せ」

じいちゃんの敷いたムシロに腰を下ろし、しばし悩んだ。教える内容によっては、未来が変わってしまうかも。細心の注意を払いながら、少しずつ話し始めた。

「つまりは、昨日の大地震でアヤが屋敷神の祠の階段から落ちた。その衝撃で、お前のいる未来に行った。壺飯だの源氏飯だの作りながら、お前の姪っこや家庭教師とそのまま半年くらい暮らしていたら、今度は未来で大地震が起きて、山の神の祠から落ちたお前が、逆に過去に来てしまったと」

ムシロであぐらをかいたじいちゃんは、俺のとりとめのない話を見事に要約した。

「全くその通りです」

「じゃあ、また落ちれば戻れるんじゃないのか」

「さっきやったよ。屋敷神の祠から。ダメだった。そこへじいちゃんが来たんだよ」

「地震の揺れが必要なのかもな」

「そんなこと言われても。いつ地震が来るか分からないのに、ずっと祠にいられない
……わ、揺れてる」

「今だ、走れ！」

「はい！」

蔵から出てダッシュした……が、すぐに揺れは収まってしまった。地面に座り込んで首を垂れる俺の後ろで、じいちゃんは豪快に笑った。

「ま、しばらくはここにいろ。そのうち機会もめぐってくるだろう」

「信じてくれるの？」

「その方が、面白そうだ」

「あ、あり……ありがとうございます」

　人生初の土下座をした。

「その前に、最終質問だ」

　顔を上げると、じいちゃんが厳しい目で俺を見ている。これでアウトだったら、警察に突き出されるのか。

「アヤの冷やしコーヒー、本来の風味付けには何を使う」

「レモン油！」

「よし、合格だ！」

　じいちゃんは笑って、俺の肩をポンポン叩く。安堵でその場に倒れそうになるのを、じいちゃんが慌てて支えた。

「しかし、お前。ここでその格好は浮くぞ。石工の服持ってくるから、着替えろ。体格的には石工にとても見えないが、背広よりよっぽどマシだ」

「は、はい！」

「石工を住まわせる長屋が空いてる。とりあえず、そこに寝泊まりしろ」

　長屋は、裏門を出てヤマの前の細道を東に進み、すぐの所にあった。

　篠原が大谷フィールドワークで、子どもたちに語っていたことが蘇る。

「手掘りのころ、石工さんたちは棟割《むねわり》長屋に住んでいて、ハーモニカ長屋とも呼ばれていました。細長い建物を横に小さく区切ってあるので、ハーモニカの穴を並べたように見えたからです。お風呂とトイレは無く、共同のものが外にありました」

平成の時代では、木造の長屋は跡形もない。陶器の便器と五右衛門《ごえもん》風呂の一部が、大谷石を積んだだけの簡易な建屋と共に残っているだけだ。これが、現役の姿なのか。

長屋の一室に案内された。暗いからよく見えないが、一応畳はあるようだ。ペンペン草が生えていそうな畳だけど。

「石工たちは、みんな酒かっくらって寝てるから、イビキがうるさいかもしれん」

疲労困憊している俺は、もうただ横になりたかった。白い半袖のシャツに、ダボッとしたカーキ色のズボンに着替え、畳に横たわるやいなや意識を失うように眠りに落ちた。

きっと、翌朝起きれば元の世界に――。

「戻ってねぇ」

目の前にあるのは、長屋の天井だ。朝日が差し込んで、ボロ加減がよく分かる。石工たちが何十人もいるはずだが、気配を感じない。もう仕事に行ったんだろうか。

そういえば、篠原が説明していたっけ。日の出と共に作業が始まるんだと。

傍らの携帯を見たら、バッテリーが残り半分を切っている。しかし今、これほど役に立たないものはない。無駄に電源を消費しても仕方ないので、オフにした。

ヨロヨロと立ち上がって、伸びをした。体がベキバキと音を立てる。

「おい、起きてるか！」

じいちゃんの声だ。慌てて、気をつけをした。

「はい！」

上がりこんできたじいちゃんの顔は、紅潮している。

「今から仕事でバンバに行く。お前も来い。案内してやる」

「仕事で？　なんで街中に。ヤマはここだろ」

じいちゃんは、白いシャツにズボン姿だ。作業人ではなく事務員に見える。

「いいか？　客が石を買うには、商談が必要だ。ここは、石を切る現場でしかない。商談はバンバの事務所でやるんだ。接待で、観光がてらヤマにお連れすることはあるけどな」

「そうなんだ！」

その瞬間、俺の腹が鳴った。慌てて腹を押さえると、じいちゃんがケラケラ笑う。

「独身の石工たちの食事は、厨房蔵で女中が作るんだ。握り飯を作ってもらったぞ」

じいちゃんが差し出した竹皮の包みには、巨大な塩むすびが二つ入っていた。むさぼるようにそれを食う。盛大に咳込んだ。

「落ち着いて食えよ！」

「そ、そうだ。なんで台所が母屋になくて、独立した蔵なの」

「おっか様が、家を建て直すなら厨房を外にしてくれと、親父《おやじ》様にお願いしたからだよ。石工が食事を取りに来ると、コッパが落ちるだろ。土間がコッパまみれになるんだ」

じゃあ、なぜ現代では台所が母屋にあるんだろう。廃業した時に、移したんだろうか。

「食い終わったら、まずは荒針《あらはり》停車場まで歩くからな。そこからは終点の材木町までトロだ」

急いで食べ終わり、外に出た。なんかヘンな匂いがする。煙だろうか。俺の記憶にはない匂いだ。

じいちゃんの後について、見知ったはずの場所を歩いていく。陽の下だと、当たり前だが風景がはっきり分かった。

「なんだ、これは……」

うねるような地肌の石山が、あちこちに屹立し、どこまでも続いている。モンスターのような奇岩や、水墨画に出てくるような岩の群れは映画のセットのようだ。

未来では削られた跡を露出している岩肌が、まだ山のままで手つかずだ。緑が眩しい。

それとは逆に、未来では緑に覆われているのに、掘り跡が露出して崖のようになっている場所もある。

じいちゃんに言うと、「捨て場所の無いコッパを岩肌にこすりつけておくことがあるから、そこから草木が茂ったのかもな」と教えてくれた。

意外だった。未来になるにつれ、緑なんて減っていくだけだと思っていたけれど、豊かになることもあるのか。

露天掘りをしているヤマに通りかかった。

動いている人の多さに目を見張る。「働く」という漢字は人が動くと書く理由が分かった気がした。中学生くらいの子や女の人の姿もたくさんある。そういえば、家族総出で働くんだっけ。コッパを掃いたり、コッパ箱を背負って運んでいる。

そして、石切職人。今では見ない、手掘りの姿だ。

脳裏に、篠原の姿が蘇った。フィールドワークで、子どもたちの前で語っていた。

――手掘りの時代、五十石……五十と書いてゴトウと読みます。長さ九十センチ、幅三十センチ、厚さ十五センチの五十石を一本掘るのに、石工は何度も何度もツルハシを振るいました。一説には、ツルハシを振るう回数は約四千回、重さは八十キロ前後とも言われています。そして掘り出した重い重い石を、地下数十メートルから背負って運び出したのです。想像できる？——

石切職人たちが、ツルハシを振るって石を切る。その音は……。

「チャッキンコーン　チャッキンコーン」

ふと、「石山の歌」が口から出た。フィールドワーク前に篠原が連日練習していたので、俺も覚えてしまったのだ。

じいちゃんは、怪訝《けげん》な顔で振り向いた。

「なんだ、その歌は」

「『石山の歌』だよ。ヤマの廃坑跡で篠原が大声で練習してたら、幽霊の悲鳴が聞こえるって噂が流れた。あいつ、音痴だから……。あ、そうだ、ちょっと寄り道していい？」

Uターンして我が家のヤマに走った。秘湖への入り口を探してみたら、まだ掘られていない。手つかずだ。

追いついてきたじいちゃんが、俺の視線の先を指さした。

「今度、そこを掘ってみようかと思っているんだ。最近話題の『垣根掘り』で」

「……俺の時代だと、ここはもう掘り終わってるんだ。深くて広くて……。広大な空間に地下水が溜まって、湖みたいになってる。俺、舟をそこに浮かべて、じいちゃんを乗っけて船旅したんだぞ」

「楽しそうだな」

「舟から秘密部屋みたいな空間が見えるのに、行けないんだ。水面から高いから」

「広大な空間ということは、俺はまだまだ石材業を続けるのか」

じいちゃんは表情を曇らせた。

「この家は、農家の副業で細々と石を掘ってたんだ。しかし、親父様の時代——日露戦争の後に、大谷石の需要がイッキに増えてな。その勢いで会社にするわ、資産家の娘をもらってこんな豪邸は建てるわ。ところが、大正になってコンクリートが普及してきた。俺が後を継いだころ……この間の大戦のあとから、大不況だよ。どこの石屋も売り上げが激減だ。石工の首を切って乗り切る仲間も多いが、俺は可哀そうでできない。減産してないから、ウチの石材が荒針停車場に山積みになってるよ」

「大丈夫だよ。帝国ホテルは、震災でも燃えなかったんだ。それで大谷石が見直される。これから先、需要が……」

じいちゃんは、口をあんぐりと開けている。やべぇ。フィールドワークでの篠原の説明の受け売りだったが、これを言ってはいけなかったか。しばらく俺を見つめていたじいちゃんは、つぶやいた。

「お前はもしや、未来から俺を救いにやってきたのか」

やっぱり、俺はドラえもんなのか。そういえば、ネズミが苦手だな。じいちゃんに連れられて歩きながら、思い出した。初めてアヤさんを車に乗せた時のことを。あの時の彼女の気持ちが痛いほど分かる。こんなに人に溢れて、こんなに素晴らしい景勝地だった大谷が、今では……。

「そこが、荒針停車場だ。加工された大谷石を運び出すために作られた」

重い雲に覆われた空の下、小さい蒸気機関車が停《と》まっていた。もうもうと黒い煙を吐き出している。さっきから気になっていた匂いはこれか！

そして、見渡す限りの……石、石、石！　線路の脇や駅周辺には、じいちゃんの言う通り石材が山のように積んである。でっかいドミノみたいだ。

機関車とは違う軌道の上に、小さなトロッコがある。この軌道は、家の前の立岩街道からずっとあったな。そうか、未来では駐車場になっている石置き場。あの場所からトロッコに積んだのか。そういや、アヤさんは驚いてた。トロッコが無くなっているって。

「あれが『トロ』だ。乗れ」

「あれに？」

かろうじて屋根はあるが、座席と車輪がついただけの箱だ。六人くらい乗ったら、もうお終《しま》いじゃなかろうか。

俺とじいちゃんが向かい合って腰を下ろすと、トロの後ろに男が二人立った。エプロンのような腹掛けに腹巻、モモヒキ姿。いかにも肉体派だ――俺の対極。男たちは、トロを押し始めた。

「人車客車ってコレか！　人が押すってヤツ」

「そう。『トロ押し』だぞ」

トロは寂しい田舎道を、ひたすら押されていった。どこまで押すのかと心配したが、速度に勢いがつくとトロ押したちは後部にある踏み台に乗った。

風景は、やがて村から町に変化していく。

思い出した！　高校時代、自転車で大谷から街中に行く時は、緩い下り坂がずっと続くから楽だった。逆に、帰りは地獄を見たが。免許を取って以来、自転車なんて全く乗らなくなったから、すっかり忘れていた。

トロで向かう途中、何度も人が目の前をよぎり、肝を冷やした。そのたびに、トロ押しはラッパを鳴らす。その音を「トットー」とアヤさんは言っていた。

出発から三、四十分で終点の材木町に着いた。現代では、ここに宇都宮地方裁判所がある。そして目の前を、ＪＲ宇都宮駅に続く大通りが走っているのだが……。

「なんだ、この道」

唖然とした。現代では片側三車線の大通り。それが、せいぜい道幅十メートルあるかないか。さらに、目の前を行くのは……。人力車、そして荷馬車だ。自動車なんて、ホンの数台しか見かけない。右側通行や左側通行なんて関係なく、人も車もごっちゃになって道を進んでいる。

みんなで宇都宮の街中に行った時、篠原が言ってたことが脳裏をよぎる。なんで人車客車の軌道が宇都宮駅に接続しないのかと訊いた答えだ。

――検討はされたけど、宇都宮停車場近辺なんて人や馬で混雑しているでしょ。安全面が心配だって断念したらしいよ。ま、諸説あるけどね――

「なるほど、こりゃダメだ。このトロが通るなんて危なすぎる、こんな大混雑しているのに」

人や馬、そして荷馬車がひしめく大通り沿いは、現代ではコンクリート造りの高層ビルが建ち並んでいる。しかし、今見えるのは、瓦屋根の建物ばかり。それも、ほとんど二階建てだ。

「昔の宇都宮の空って、広いんだな」

思わず、つぶやいた。

「お前の時代にも明神様は残っているんだろうな」

俺を先導して歩いていたじいちゃんは、立ち止まって左方向を指さした。

大鳥居。石階段――。

「二荒山神社！　もちろん」

喧騒《けんそう》に気づいて振り返ると、ヨシズ張りや戸板を立てた店がズラリと並んでいた。

バンバの仲見世だ！

半纏やハッピ姿のオヤジ店主たちが、賑やかな掛け声を上げて――。

「さぁ、買いなんせ買いなんせ、台湾《たいわん》バナナの叩き売り！　台湾大学バナナ科卒業の俺が選んだからには、間違いなし！」

「お早くお早く！　全国の名産品を使った飴だよぉ！　備前《びぜん》の名産水蜜桃、紀州《きしゅう》じゃ有田のミカン入り、東京じゃ谷中のしょうが入り、大阪市岡新田《いちおかしんでん》タネまで真っ赤な西瓜《すいか》入り、薩摩《さつま》の名産いちご入り……」

え！　いちごの名産は、栃木県じゃないのか。現代では、何十年か連続で生産量日本一ってニュースでやってたような。

「おい、氷水でもどうだ？　暑いだろ」

茫然と仲見世を眺めている俺に、じいちゃんが声をかけた。

ただでさえモワッとした空気が、仲見世の喧騒でさらに熱を増しているようだ。確かに、氷をバリバリかじりたい。

「氷」の看板はあちこちにあるが、じいちゃんはある店に迷いなく歩いていった。

「サッちゃん！　いちご蜜、二つ！」

女性の店主だった。俺と同い年くらいだろうか。赤ちゃんをバッテン紐で背負っているので、豊満な胸が見事に浮き上がっていた。

「石庭の旦那さん、毎度！　誰だい、お連れの人は」

「俺の孫だよ」

「またからかって。どう見ても、旦那さんより年上でしょうなぁ」

軒先にある、壊れそうな木箱に俺とじいちゃんは腰を下ろした。

サッちゃんは器を取り出した。小さな金魚鉢に足がついたような、ガラスの器だ。四本足のついた裏返しのカンナの下に器を置く。カンナに氷の塊を載せ、勢いよく削り始めた。粗い氷がたちまち山になる。氷山ができると、瓶から赤い液体を注いだ。

「はいよ！」

サッちゃんは器の足を持ち、俺たちに差し出した。銀のスプーンが挿さっている。

「氷水って、かき氷なんだ……うめえ！」

思わず叫んだ。荒々しい氷片が、噛むごとに口の中で心地よく砕けていく。そして懐かしい、酸味優勢のいちごの味が広がる。

「あの、どうやって作るんです、そのいちごの汁」

サッちゃんは、なんでそんなことをと言いたそうな顔をした。

「草《くさ》いちごと砂糖を火にかけて、煮立ったら布で濾すんだよ。煮沸消毒した瓶に入れて、冷暗所に保存しとく」

「ジャムみたいなもんか」

「どうだい、サッちゃん。商売の方は」

じいちゃんは水のように氷を喉に流し込みながら、サッちゃんを見る。

「何か、変わりダネを出したいんだよねぇ」

サッちゃんは背中で泣いている赤ちゃんをあやしながら、眉を下げた。

「この時期の仲見世は氷水屋ばかりだからね。何か『目玉』が無いと。ウチなんか亭主が逃げちまって、母一人子一人で生きていかなきゃなんないからさ」

「梅味はどうですか」

「喫茶タロウ」のかき氷の記憶が蘇り、無意識に言ってしまった。

「梅？　梅酒かい？」

「あ、えっと……昔の吉原の名物で、梅干しを紫蘇で巻いて砂糖水で漬け込むものがあるんですけどね。その漬け汁を利用したらいいんじゃないかと、とある氷好きが言ってました」

「ああ、甘露梅ね！　家でも漬けてるよ。そうか、氷水にね！　いいかも」

なんで知ってるんだ、甘露梅を。

サッちゃんの、ちょっと陰を感じる雰囲気。真っすぐここに向かったじいちゃん。交わす視線。もしや……。俺は、スプーンを口に含んだまま二人を交互に見つめた。

「石庭の旦那さん、どうも！」

四十過ぎぐらいだろうか。きっちりアイロンのかかった白シャツに帽子を被った「品のいい紳士」が、すぐ近くに立っている。じいちゃんは慌てて空の器をサッちゃんに返し、立ち上がった。

「菅野《すがの》社長！　お久しぶりです。百貨店の記事、新聞で読みましたよ。着工したんですね！　明神様の隣に……」

じいちゃんが指さす方向を振り返って、菅野社長は快活に笑った。

「ははは、世間様を騒がせてしまったね。もう、会う人会う人にさんざん言われるよ。このご時世に一万円も出してあの場所を買って、しかも百貨店を始めるなんてってね。今の呉服屋で、なぜ満足できんのかと」

菅野？　……もしや、スガノ百貨店の社長か！

「私も氷水をもらおうか」

じいちゃんと並んで腰を下ろした社長は、サッちゃんに砂糖蜜と伝えた。

「しかし、先駆者になるからには、私はいろいろ『攻めて』いくよ」

「百貨店、いいですなぁ。東京に住んでいたころ、実の両親に連れていってもらった時は、天国にいるみたいでした」

まるで、もう百貨店ができあがったかのように、じいちゃんと社長は鳥居の方を眺めた。瞳が煌々《きらきら》しい。買ってもらったプラモデルの箱を眺める子どものようだ。

社長は透明な氷水にスプーンを挿しながら、つぶやくように言った。

「私は、百貨店の中で食堂もやりたいんですよ。みんなは『呉服屋が〝水商売〟に手を出すな』って反対するけどね」

スガノ百貨店の食堂？　あ！　そうか。

「ベーキャップル……」

「ベーキャップル？」

社長が怪訝な顔で俺を見る。しまった。慌てて口を押さえた。

「石庭さん、その人は？」

じいちゃんは、思いっきり俺の足を踏んづけた。

「遠縁です、はい。修業で昨日からウチに」

「なんだい、そのベーキャップルって」

子どもみたいに、もじもじしながら答えた。

「その……焼きりんごです。ベイクド・アップルの愛称みたいな」

「ああ、東京のカフェーで食べたことがある……そうだ、食堂では寿司だけでなく、洋食も出そう。宇都宮の百貨店で洋食が食べられるなんて、子どもたちは喜ぶぞ。うん、いいかもしれん！」

心臓がバクバクする。俺の言葉が、未来に影響を与えたらどうしよう。はち切れんばかりの笑顔を浮かべた社長は、両手をパンと叩いた。

「そうだ。お礼におごらせてくれ。私の大好物！　サッちゃん、悪いね」

「どうぞ！　気にしないでここで飲んで。ミルクセーキでしょ」

牛乳と卵を混ぜたアレか。遠い昔、オフクロが作ったのを飲んだ記憶がある。

社長は、サッちゃんの隣の屋台の主人に「三つ！」と声をかけた。店頭には「ミルクセーキ」と筆で書いた看板が出ている。

隣の屋台には、不思議な機械があった。車輪にシェイカーがついたような機械だ。主人はシェイカーに練乳などの材料と砕いた氷を入れると、ハンドルに手をかけた。車輪が回り、ガラガラとスゴイ音が喧騒に溶け込んでいく。

「はい、できあがりー！」

差し出されたグラスには、粗い氷片が残るクリーム色の半固体がこんもりと盛られている。社長は声を弾ませ、グラスを指さした。

「これがバンバの夏の名物、ミルクセーキというものだ。どうぞ、飲んでみてくれ」

勧められるまま一口飲んだ俺は、思わず叫んだ。

「これ、シェイクだ！」

現代のファストフードで飲めるバニラシェイクを連想させる。もしや、あの原型なのか。セーキとシェイク。響きも似ている。

「これが、バンバ名物なんだね」

興奮してグラスを高々と掲げた。青空だったら陽光に映えただろうに、雲が重い。

社長は「そうだ！」と笑いながら、ミルクセーキをイッキに喉に流し込んだ。

「じゃ、また。石庭さん」

俺とじいちゃんは立ち上がって、お辞儀して見送った。入れ替わるように、疲れた様子の若い男性が腰を下ろす。

「サッちゃん、氷水ひとつ。いちご蜜ね」

「あいよ。どうしたんだい、そんなゲッソリやつれて」

「停車場の方、行ったけ？　昨日の夜中から、東京からの避難列車が到着してんだけどよ。避難民と出迎えの人でごった返し。停車場前は、炊き出しや奉仕活動で戦場みてぇだっぺよ。ウチの青年団も炊き出しに出てんだけどさ、ちょっと息抜きに」

「あの地震かい！　そんな大変なことになってんの！　一緒に行く、手伝うよ。氷水しか出せないけど」

「だけど……。サッちゃん、稼がなきゃなんねぇべ」

「そんなの、後回し！」

「偉いなぁ。じゃあ、ウチの場所貸してやっから。でも、まず俺に一杯くれ」

その時。車がぶつかったような、大きな音が響いた。

「うわ、なんだ？」

俺は、慌てて周囲を見回したが、不思議なことに誰も動じていない。

「ドンだ。正午だな」

じいちゃんは懐中時計を取り出して、つぶやいた。

そうか、篠原が言っていた。近くの八幡山公園で正午を告げる大砲を打っていたと。

それが「ドン」と言われてたんだっけ。

「おい、大輔。様子を見に停車場に行ってみないか？」

俺たちは仲見世を後にして、二荒山神社の前を東西に延びる大通りに出た。右手に曲がって歩いていけば、宇都宮駅が待っている。俺たちは、堂々と道路の真ん中を歩いていった。

荷馬車や人力車が行きかっているが、主役は歩行者だ。自動車なんて、ほとんどいない。現代で大通りのど真ん中を歩けるなんて、正月に歩行者天国になる時だけだ。どこか落ち着かない。

やがて道は、大きな橋につながった。「宮の橋」だ。明治時代、宇都宮駅ができたので架けられた橋だと篠原が言っていた。

その下を流れるのは、田川だ。

未来の俺には、「水が流れている」くらいの感想しかない川だった。オフィス街のビルの間を流れていく水路、そんな無機質な存在に見えていた。

だけど、目の前の川には——人がいる。洗濯、洗い物をしながら談笑している。流れには、舟が浮かぶ。漁をして、客を乗せ。そして、子どもたちが裸になって水に飛び込み、泳ぎだす。

なんて……眩しいんだ。人も、川も。

「川が、生きてる」

柄にもなく、そんなことを言ってしまった。

「おい。行くぞ、停車場に」

慌てて、じいちゃんの指さす方を見た。宇都宮駅だ。

「！」

そこには、絵葉書のような建物があった。

瓦屋根で木造二階建ての雅な姿だ。屋根にあるのはシャチホコだろうか。

歴史ある温泉旅館とか竜宮城みたいだな。なんて言ったら篠原が怒るか。あいつがここにいたら、歓喜のあまり口から泡噴いて倒れてしまいそうだ。

しかし、その優美な佇《たたず》まいに反して、異様な雰囲気が漂ってきていた。

「あ、この匂い」

俺は鼻を押さえた。鼻孔にこびりつくような……さっき、大谷でも嗅いだ匂いだ。

「石炭だよ。列車が到着したんだろう」

じいちゃんは、ホームの方を指さした。

通りすがりの中年男性が、早口で言う。

「地震で荒川《あらかわ》にかかる鉄橋が落ちて、上野からは来られないんだとよ。みんな川口まで歩いて、そこから乗ったんだと」

「炊き出しの準備だ、急げー！」

青年団やら婦人会やらの旗を掲げた集団が、慌ただしく動いている。じいちゃんは、駅に向かって足取りを早めた。俺も、慌ててついていく。

そして現れた光景に、言葉を失った。

到着した列車から、何百人と降りてきた。乗客はみんな煤《すす》け、疲労困憊している。列車から降りるやいなや泣き出す人、座り込む人、抱き合う人……。

「城山村でも、炊き出し部隊を出さねばならんな。今日は仕事はやめだ。戻って、村長さん家に報告に行く」

じいちゃんは踵《きびす》を返した。俺も続こうとしたが、避難民に目を奪われてしまう。行くあてのある人は、駅前の人力車や荷馬車に殺到していた。

「平石村に行きたいんだ。いくらかかる？」

「こちとら、着の身着のままでやっと逃げてきたんだ。悪いが、運賃まけてくれねぇか。避難列車は、運賃タダだったんだぞ」

ふと、現代のことが心配になった。

あの激しい揺れの後、どうなってしまったんだろう。俺がいないのに、大丈夫か。職場、家、ルナ、篠原……アヤさん。

「城山村の石庭石材に行きたいんだ！　いくらだ！」

ハッとなった。

「ウチじゃねぇか」

じいちゃんは声の主を探す。若い男だ。人力車に詰め寄るその顔は、二十歳くらいだろうか。シャツはところどころ焦げ、ズボンはざっくり破れている。じいちゃんはためらわず、その男に走り寄った。

「おい、ウチに何か用か？　俺は石庭の当主だ」

「あんたが？　すげぇ、奇跡だ！」

男は、必死の形相でじいちゃんにしがみついた。

「東京から命からがら逃げてきたんだ。姉ちゃんを頼って。今は石庭石材にいるって話だから――」

「その姉ちゃんの名前は？」

「松島文《まつしまあや》」

なんだと？　男の顔に俺は見入った。あの目元、鼻筋……言われてみれば、アヤさんの面影を感じさせる。

「ああ！　アヤか。確かに俺の家に……」

「よ、よかった」

男は、安堵したのか座り込む。しかし、じいちゃんは容赦なく言った。

「……いたが、地震の日に出て行ってしまった。今はいない」

「何だよ、それ！　……俺、どうすりゃいいんだ」

男――アヤさんの弟は、がっくりと首を垂れた。

人力車の車夫が、どことなく気の抜けた声をかける。

「避難列車で来て疲労の激しい人は、寿《ことぶき》町の延命院で受け入れるって話だぁ」

男の隣に座り込んだじいちゃんは、その肩を叩いた。

「延命院なら案内するぞ。歩けるか？」

「ああ」

アヤさんの弟は、ヨロヨロと立ち上がった。

「東京は地獄だったのに。こっちは天国だな」

駅構内は騒然としているが、外に出れば日常だ。悔しいような、うらやましいような顔をして、弟は大通りを歩きながら見回した。

「しかし、姉ちゃんはどこに行ったんだ。いつも好き放題しやがって」

俺とじいちゃんは、顔を見合わせた。まさか、未来に行ってしまったとは言えない。

俺は、努めて明るく言った。

「有能な女中さんですから、どこでも生きていけるでしょう」

「女中？」

弟は立ち止まり、しばらく茫然としていた。やがて笑い始め、すべてのうっ憤を吐き出さんばかりに笑い転げた。

「平和でいいな、あんたたち。姉ちゃんに騙されたのも知らねぇな。その分だと」

「騙す？　アヤさんが？」

「そうだよ、姉ちゃんは女中なんかじゃねぇ。化けこみだ。東京新報の記者だよ」

「化けこみ？」

なんだそりゃ。そんな単語、聞いたことがない。

じいちゃんが、顎を掻きながら言った。

「新聞記者が女中に扮《ふん》して有名人や話題人の家に入り込み、醜聞や内情を暴露するんだよ。その記者のことだな」

「記者……新聞の……？」

その言葉が心に突き刺さる。釣り針のように、記憶の沼から忘れていたことを引き揚げる。

二人だけで百年厨房で話した時、アヤさんは言った。

──あの時のままの空間で、同じようにお料理をしていると──戻れた気がするんです。家族や友達、会社の人たちと、心がつながれている気がしますの──

そうだ、心に引っかかっていたんだ。女中なのに、なぜ「会社」なんだ？　と。

そういえば、文豪目当てに塩原温泉で女中したって言ってた。なるほど、スキャンダル目当てだったのか。ああ、日記の文体の説明がつく。あれは──コラム記事を書いていたんだ、新聞の読者に向けて。いつの日か、過去に戻れたら発表しようとしていたのだろうか。

「しかし、ウチに来たってどうしようもないぞ。ただの石材問屋だし」

じいちゃんは苦笑いしながら首を振る。弟は、吐き出すように言葉を継いだ。

「何言ってんだ。話題の帝国ホテルに大谷石がふんだんに使われてるから、産地は注目されてるぞ。その石材商の内情を知りたいヤツだって多いだろう。よりによって、落成披露の日に大地震で大火災だけどな。列車の中で誰か言ってたが、大谷石だからか帝国ホテルの被害は軽かったらしい」

「帝国ホテルが？　やっぱりそうなのか」

じいちゃんは、俺を見て目をぱちくりさせた。疑っていたのか。仕方ないけど。

「姉ちゃん、オフクロは熱海の芸者で、電話の試験で三味線弾いたって言わなかったか？」

俺はうなずいた。言っていた、嬉しそうに。

「姉ちゃんがよく使う、つかみのウソだよ。小さいころから文章を書くのも注目を集めるのも大好きで、有名女流作家になるんだと騒いでいた。でも学も才能もツテもコネも無い。仕方なく十七で結婚して、十八で子どもを産んだが、やっぱり諦めきれないと婚家に乳飲み子を押しつけて出て行き、化けこみになったんだよ。吉原遊郭やら、モデルあっせん所やら、下種《げす》な読者の心をつかむ場所に化けこむんだ。自分の書いた暴露記事で、世間の注目や関心を集めてな」

「じゃあ、子どもを捨てたってことか？　アヤさんはルナ……子どもに優しいぞ」

弟は、鼻で笑った。

「子どもに優しい？　化けこんだモデルあっせん所で『あんた、経産婦だな？　じゃあモデルになれねぇ』って言われて、『産まなきゃよかった』って記事に書いた女だぞ」

その衝撃で思い出した。アヤさん、泣いていた。ルナを抱きしめて——私、バチが当たったんだ——と。

喧騒が遠ざかっていく。何も聞こえない。立ちすくむ俺の背中を、じいちゃんは叩いた。

「お前、ここで待ってろ。俺はこいつを延命院に連れていく」

ここで、というのは、宮の橋の上だった。

力なくうなずくと、じいちゃんは男と共に雑踏に消えて行った。

橋の上から、田川の流れを眺める。いくつもの支流が本流に合流するように、アヤさんの言動が、ひとつの答えに集束していった。

とにかく注目されたい——そうか、フィールドワークで見せた表情。あれは、お母さんたちの歓声を浴びる篠原に対する羨望だったんだ。SNSに対する好奇心も納得だ。篠原がツイッターの説明をした時、異様に興奮していたのも分かる。アヤさんのレシピがバズったと知った時の、喜びようといったら——。

「家政婦も見た!」の話をしていたら、いきなり話題を変えて出ていった。そりゃあ、自分がまさに化けこみだものな。

俺が百年厨房で「家族って」と訊いた時、アヤさんはなんて言った?

――……ええ、そうですわね。それと、お……――

弟だったのか。いや、夫か。捨てた夫。いや、夫だけじゃない。子どもも……。

「捨てるんじゃねえよ！　自分の子を」

田川に向かって絶叫した。雑踏の視線が集まるが、気になんかしてられなかった。

「それじゃ、俺の親と同じじゃねえかよ！」

橋の欄干を両の拳で何度も殴った。痛い。しかし、その痛さに現実のことなんだと思い知らされる。

力が抜け、その場に座り込んだ。雨が降ってきたが、何も考えられない。考えたくない。どれだけの間、雨に濡れながら田川を眺めていただろう。俺に、傘が差しかけられた。

「待たせたな」

振り向くと、じいちゃんが立っていた。

「帰るか。材木町まで歩いて、またトロに乗るぞ」

来た時の高揚感は全く消え、帰りは何も目に入らない。

たどりついた長屋の前で、俺は倒れそうになった。

「お、おい。大丈夫か。雨に打たれて、体が冷えちまったな」

じいちゃんは、慌てて俺を抱き起こそうとする。

「……大丈夫。気力が無くなっただけ」

俺を襲うのは、ロクでもない感情ばかりだった。

アヤさんの正体を知った失望感、元の時代に戻れない絶望感、これから先の人生の不安感。それらの感情に押しつぶされて、その日から寝込んでしまった。

理解してくれたのか、じいちゃんは「東京からの避難民を一人世話する。食事を運んでやれ」と女中さんたちに告げ、あとは放っておいてくれた。

炊き出し部隊の派遣や救援物資の輸送、義援金集めなど城山村も大変だったらしいが、俺はひたすら長屋に籠っていた。何もせず、ただ畳に寝転んで。

寝込んでから八回目の「ドン」を聞いたすぐあと、じいちゃんが長屋にやってきた。寝っ転がっている俺を、険しい表情で見下ろしている。さすがに、堪忍袋の緒が切れたか。

「おい、母屋の風呂を貸してやる。ユキに頼んであるから、身なりを整えて来い。お客様がいらっしゃる」

「客って……誰だよ」

「菅野社長だ。さっき、使いの方が来た。お前に用事があるそうだ」

「俺に！」

なんだろう、俺は何かまずいことを言ってしまったのか。未来を変えてしまうようなことを――。

　まとわりつくような暑さの中、やっとの思いで体を起こした。ふらふらと外に出ると、ツクツクボウシの大合唱が俺を包む。チャッキンコーンのリズムと共に、岩肌に吸い込まれていくような感覚に襲われた。

第七章　「時」が結ぶ味

「で、では、今からクリームコロッケとプリンを作ります」

百年厨房――いや、この時代では厨房蔵と呼ばれる場所で、俺はぎこちなくお辞儀をした。じいちゃん、菅野社長、ユキさん、女中さんたち――みんなの視線が怖い。

俺の格好は浴衣にたすき掛け、さらに「石庭石材」の白抜き文字が入った藍染めの前掛けだ。居心地の悪さは、慣れない服装も一因かもしれない。

今更ながら、後悔した。じいちゃんの命令を受けてしまったことに。

一時間ほど前のことだ。風呂を出た俺はユキさんに荒っぽく着付けをされ、大座敷に連れていかれた。そこで待っていたのは、向かい合わせに座るじいちゃんと菅野社長だった。俺の姿を見るやいなや、社長は相好を崩す。

「大輔君、君に質問したいんだ。食堂のメニューなんだがね。ベイクド・アップルのほかに、何があったらいいと思う?」

「お、俺がですか」

部屋の隅で正座をした俺は、首を傾げた。外食に興味がないから思いつかない。でもきっと、子どもが喜ぶものなんだろう。すると洋食だろうか。そういえばルナが喜んでくれたな、こないだ作ったやつ。

「プリンとかカニクリームコロッケとかですかね」

「クリームコロッケは銀座のカフェーに行った時にメニューで見たことがあるが、プリンというのは初耳だな」

「いや、人気ですよ」

未来で、と心の中で付け足した。

「どんな味だか、興味があるね」

「素朴でおいしいと思いますけど。俺が作ったらみんな喜んでくれました。自分で言うのもなんですが」

「大輔、じゃあ作って差し上げろ。両方とも」

「え」

無理だ。分量も手順も覚えていない。検索――いや、この時代ではできない。そうだ、携帯でレシピを撮ってあった！　カニはどうやっても無理だから、抜きで作ろう。

そしてユキさんにたすきと前掛けを締めてもらい、厨房蔵に立つことになったのだ。

炊事台の前に立ちすくみ、おずおずとユキさんを見た。

「まず、クリームコロッケからなんですけど。パン粉……ありますか」

ユキさんは、冷たい視線を投げてくる。

「あるワケなかんべな。そんなハイカラなもの」

初っ端《ぱな》からどうしよう。そういえば、マッチョ先生が言っていた。

――普段料理なんてしない諸君は、パン粉の用意なんてないかもしれない。しかし、焦るな！　代用方法はいくらでもある――

「あの、普通のパンは……」

「あるぞ。昨日、俺が停車場前のパン屋で買ったのが残ってる」

じいちゃんが、胸を叩いた。

「じゃ、それで代用しましょう。おろし金で卸します」

視線を浴び、解説しながら料理するというのはこんなに大変なのか。アヤさんは偉大だ――いや、違う。注目されるのが大好きだからか。そんな欲求の無い俺は半泣きになりながら作業を続ける。次は何だっけ。薄切りタマネギをバターで炒め……。

「あの、ユキさん。バターは」

「だから、そんなハイカラなもん……」

「ある！」

いつの間にか、ヨシエがいた。

「オラ家《げ》には何でも揃ってんだぞ。貸すからオラにも食わせろ」

じいちゃんが許可するやいなや、ヨシエは自分の家からバターが入っているらしい長方形の陶器を持ってきた。

「小麦粉と牛乳を入れて、塩少々……。タネができたら、冷凍庫で冷やし固めます」

「冷凍庫？」

ユキさんが、胡散臭そうに俺を見る。そうか、今の時代では一般家庭にはないんだ。どうしようかと冷蔵庫を見たらピンと来た。この時代では氷箱と呼ばれていたから、上の段にはでっかい氷が入っているに違いない。

「氷の上にタネの入った容器を載せて、冷めて固まるまでひたすら扇いでください。ヨシエも手伝えよ」

面倒だの大変だのブーブー文句たれながらも、ユキさんとヨシエはウチワを激しく動かしている。

「待つ間に、プリンを作ります」

プリン液を作り、蒸し器で二十分蒸す。その間に、それなりに冷えて固まったコロッケのタネに卵液を付け、即席パン粉をまぶして油で揚げる。

首に巻いた手拭いで、ひたすら汗を拭う。暑くてたまらない。九月上旬の宇都宮なんて、ただでさえモワッと暑いのに、蔵の中に十人近くひしめきあって、さらに揚げ物と蒸し物ときた。サウナ状態だ。

「で、できました」

大皿に新聞紙を敷き、揚げたてのクリームコロッケを載せると全員から歓声が起きた。きつね色に輝きじゅわじゅわと音を立てる姿は、我ながら感動的だ。暑さに耐えて良かった。別の新聞紙を切って一つ包み、おずおずと菅野社長に渡す。社長は大きく口を開け、ざくりと音を響かせた。

「熱い熱い。おお、とろけるようだ」

「中身、生だんべよ」

ユキさんがコロッケを割って、衣から溢れ出るクリーム色の流動体をまじまじと眺めている。

「いえ、クリームコロッケですので、そういうもんです」

「腹壊すんじゃなかんべな」

イッキに食べたユキさんは、目を白黒させた。

「あぢぃぃ！　……んめえ！　なんだこりゃ！」

あちこちで歓声が聞こえる。ホッとして気が抜けそうになるが、まだ早い。

「つ、次はプリンです。本当は冷やすんですが、とりあえず今は熱いままで」

茶碗蒸しの器に入ったプリンを炊事台の上に置くやいなや、手が次々に伸びてくる。

厨房蔵に女中さんたちの歓声が響き渡った。

「うんめえなぁ！　茶碗蒸しのお菓子みてえだ」

「これがプリンっていうのか？　初めて知ったぁ」

「なるほど。これはカスタードプッディングだね。銀座のカフェーで食べたよ」

スプーンを口に運ぶ社長も、こぼれんばかりの笑みを浮かべている。

「うん、いいね！　みんながこんなに喜ぶなんて。食堂でも出してみよう」

「あ、ありがとうございます」

何度も何度も頭を下げた。

未来ではコンビニやスーパーでも買える普通の料理が、こんなに喜ばれるなんて。

厨房蔵——百年厨房は不思議な空間だ。未来ではアヤさんが昔の「普通」の料理を作り、過去に来た俺が未来の「普通」の料理を作っている。そして、それぞれの時代の住人が喜んで——。

「おい、ベーキャップルも知ってんだろ。作ってくれ」

ヨシエが前掛けを引っ張り、すがりつくように俺を見ている。ここぞとばかりにニヤリと笑ってやった。

「残念だな。あれは、スガノさんに行かないと、食べられないんだ」

「呉服屋さんで食べられるワケなかんべな！　母ちゃんに怒られちまった」

「すまん、まだ早かった」

お詫びの意味もこめて、ヨシエの頭を撫でた。真っ黒でツヤツヤ。北海道のマリモみたいな髪の量だ。

「はっはっは。お嬢ちゃん。再来年まで待ってくれな。バンバにできるスガノ百貨店の食堂に、ぜひ！　お待ちしていますよ、小さなお客様」

社長は笑いながら、うやうやしくお辞儀をした。


暑さと慣れない調理で消耗した俺は、長屋に戻るなり大の字に寝転んだ。

体を動かしたからか、はたまたみんなと会話をしたからか、少し気が晴れた。そろそろ今後について考えなければ。いつまでもゴロゴロしてはいられない。

未来に戻れないなら、ここで生活していくしかない。

しかし、非力でＩＴ関連しかスキルのない俺が、今この時代でなんの役に立てるというのか。やはり、俺の生きる場所は未来なんだ。市役所ネットワークは、俺がいなきゃ話にならないし。

そして何より、ルナだ。

ずっとそばにいると約束したのに。戻れなかったら、また大人に裏切られたとショックを受けるはずだ。せっかく開いた心が、閉じてしまう。

戻ろう。何としても戻らなければ。

でも、どうやったら——。

石庭家の前を流れる姿川のほとりに、ヨロヨロと歩いていった。川幅は二〜三メートルで、水深は十センチくらい。現代のように舗装はされていないけど、流れは同じだ。川面《かわも》に映る茜色《あかね》の夕日を眺めていると、じいちゃんが来て隣にしゃがんだ。

「おい、社長さん、大満足で帰って行ったぞ」

「良かった。生きた心地しなかったよ。百年厨房で料理したの、初めてだし」

「百年厨房？」

「あ……、厨房蔵のことだよ。じいちゃんが鍵のありかを教えてくれなくて、アヤさんが来るまで誰も入ったことがなかったんだ」

「ほお？」

「でも、昔のままだったから、アヤさんは料理しやすかったみたい。できる料理も楽しくて。源氏飯とか、これもんミルクとか、冷やしコーヒーとか。ほら、この間話した料理だよ。壺飯とか、聴いてて面白かったろ？　アヤさんが作って、みんなで食べて……みんなで」

苦笑いして、視線を川面に落とした。

「——アヤさん、百年厨房で言ってた。ここにいると、元の時代のみんなと心がつながっている気がするって。俺も、さっきあの空間にいたら思ったよ。振り返ったら、ルナたちがいるんじゃないかと」

「大輔、帰りたいか。だろうな。お前のことを、みんなが待っているだろうし」

「アヤさんは待ってないよ。だって、所詮は化けこみだ。俺のことなんて、記事のネタとしか思ってない」

「弟の話だけ信じるなよ。アヤの話も聞いてみないと。まぁ、あんな都会的な美人が、こんな山奥の、それも石材問屋に女中に来るなんておかしいとは思ったが。アヤの作る冷やしコーヒーがウマいんで、別にいいかと思っていた。ウチに醜聞なんてないしな。甘露梅くらいで」

じいちゃんは、頭をポリポリと掻きながら続けた。

「俺もお前と同じく、養子なんだ。十五の時に東京から来た。親父様——養父と実父が遠縁でな。だが、その数年後に親父様が落盤事故で死んじまった。心労で、おっか様も倒れてしまって。突然当主になって苦労したよ。いくら当時は儲《もう》かったからって、分不相応に親父様がこんな屋敷を建てるから人目が痛いし、栃木訛りもよく分からんし、風習やらしきたりも分からん。大好きな冷やしコーヒーを飲める店も無いし、チタケうどんも口に合わない。もうイヤになって、好き勝手した。屋敷神や山の神へのお供えも、俺の趣味で冷やしコーヒーだ」

俺は力なく笑った。じいちゃんは石を拾っては川に投げ入れる。水鏡の茜空が、波状に歪んだ。

「いくら頑張ったって、不況はどうしようもない。経営はどん底だ。逃げ出したくても、石工たちやその家族、女中たちの生活が俺にかかっている。歯を食いしばって進まなきゃならないのに、目の前の透明の扉は閉まっていて、先に進めないんだ。鍵が欲しい、鍵が……」

「じいちゃん。大谷……城山村に来て良かった？」

しばらく水面を見つめたあと、ぽつりと言った。

「そう思える日が来るといいな。だけど、お前の話だと、これから大谷石は盛り返していくんだろう？　俺は長生きして、その時代を見ることができるんだろう？　そして――」

じいちゃんは俺の顔を見て、くしゃっと笑った。

「いつの日か、またお前に出会えるんだろう？　今度は、子どものお前に。楽しみだなぁ、大輔」

川面に映る、じいちゃんの顔。どこかで見た遠い記憶――。

幼稚園の年長の時だ。

児童養護施設の遠足で、大谷に行った。大きな観音様や石山にほかの子は喜んでいたけれど、俺はみんなと遊ぶのが好きじゃなくて、ひとりで川を眺めていた。そしたら、隣にマリコ先生が来たんだ。

「この川はね、姿川っていうの。自分の会いたい人の姿を念じれば、神様がその姿を見せてくれるから姿川って言うんだよ」

先生がほかの子のところに行くやいなや、一生懸命念じた。お母さん、お母さんに会いたい、お母さん。神様、お願い――。でも、姿は見えなかった。だけど、男の人の顔が映った。振り向いたら、知らないじいちゃんが心配そうに俺を見ていた。

「おい、坊主。危ねえぞ。川をそんなに覗き込んでたら、落ちちまう」

「あ、すみませーん！」

マリコ先生が、遠くから走ってきた。

「いつまで川見てるの。みんなもう集まってるよ」

「遠足ですか？　――天の川養護園さん」

じいちゃんは、マリコ先生の名札を見たのだろう。

「はい。でももう帰ります。大輔くん、さよならして」

「坊主、大輔って言うのか？」

じいちゃんは、俺をじっと見た。ただ、じっと。

そのあと、俺に里親委託の話が来たんだ。

初めて石庭の家に来た日。じいちゃんに連れられてヤマを登ったあの時、じいちゃんはなんて言った？

――じいちゃんは、お前が来るのをずっと待っていたんだからな――

もしや、この時代からずっと待っていてくれたのか。

目の前が曇り始めた。笑っているじいちゃんの顔が霞んでいく。

「明るい未来があるのなら、頑張れるよ。今分かった、大輔。お前は天が俺にくれた『鍵』なんだ。先に進む気力が湧いてきた。恩返しに、俺は未来でお前を探しださなきゃならん」

「じいちゃん……。後継ぎのためだけに、俺を養子に迎えたんじゃなかったのか。なのに……なのに、俺、じいちゃんに何もしてあげられなかった」

じいちゃんの手をそっと握った。染みだらけでシワシワの思い出しかない手は今、こんなにもハリがあって日に焼けている。

「ごめん。じいちゃん、ごめん。俺、戻るよ。戻らなきゃ。そしたら、俺、頑張る……じいちゃんが苦労して守ったこの家や、そこで暮らすみんなのために」

勢いよく立ち上がった。

踵を返し、突っ走りながら長屋門を抜けた。そのまま屋敷神への石段を登りきる。息を荒くしながら、祠に向かって叫んだ。

「お、俺は……神も仏も、超常現象も一切信じない。だけど、一生に一度でいい。願いを叶えてくれ」

振り返った。見えるのは俺の家、庭、蔵、長屋門——。その向こうに、姿川。そして、川のほとりに佇むじいちゃん。

地震なんかいらない。この決意こそがタイムスリップのエネルギーだ。

「じいちゃん、俺は行くからな！」

「行けー！　また会おうな！」

勢いよく、石段を駆け下りる。そのまま庭を突っ切り、長屋門を通り抜けて——。

「戻るんだぁ！」

ルナたちのところへ。そして、大谷でみんなで——。

姿川に飛び込んだ。体が浮遊する感覚に包まれ——次の瞬間。

俺は、濁流の中にいた。

水中で、身体が回転する。もがき、頭を水面に出した。バケツをひっくり返したような雨が、刺すように降り注ぐ。

水位は膝上くらいだが、流れが速くて体勢を立て直そうとするたびに倒れてしまう。なんとか立ち上がって目を開いても、真っ暗だ。さっきまで夕方だったのに。まさか、これは三途《さんず》の川じゃなかろうな。

水の冷たさと流れの強さに、どんどん力が奪われるのが分かる。もがくことも、何かを考えることもできなくなっていく。

流されながら体が何かに引っかかった。立木のようだ。必死にしがみつき、そこで初めて叫ぶことができた。

「おーい、誰かいませんかー!」

その時、激しい雨以外の音……人の声が聞こえてきた。

「ねぇ、ゆかりんママ。今、男の人の声がしなかった?」

「聞こえないよ」

「いえ、聞こえましたわ。下の方から。おルナ様、懐中電灯を貸してください」

上から降ってくる。あの声は——。

「アヤさん? 篠原? そこにいるのか?」

懐中電灯らしき光が俺を射す。目がくらんだ。

「うそぉ！　石庭君？」

がさつな篠原の声に、こんなに安堵するなんて。

「うそじゃねえ！　俺だよ、俺！」

「なんで、そんな所にいんのよ」

「知るかよ！　姿川に飛び込んだら、ここだったんだよ」

「信じられない」

「驚いてないで、引き揚げてくれよ。冷たいし、寒いし――」

我ながら情けないが、正直もう限界だった。

「そう言われても、ロープなんて無いよ」

「私の帯を！」

明かりに照らされながら細長い布が落ちて、俺の方に流れてきた。

「若旦那様！　これにつかまってくださいませ」

「わ、分かった」

なんとか布をつかむ。引っ張られる方に一歩一歩進んでいくと、真上から篠原の声が降ってきた。

「石庭君、階段上がってきて！」

「どこへの階段だよ、これ」

「屋敷神！」

何がなんだか分からないが、布を握りしめ、言われたとおりにする。濁流から抜け出た。激しい雨が打ちつける中、階段を這い上がる。一段ごとに、気力と体力が流されていく。ようやく到達した場所には、三人の女性がいた。篠原とアヤさん。そしてもう一人……。顔を見ようとしたところで、安心して気が抜けてしまった。そのまま、気を失った。


目が覚めると、視界一面が天井だった。しかし、ボロ長屋ではない。我が家でもない。この杉の梁は――ヨシエ婆の家だ。

「お、石庭君。気づいたね。はい、眼鏡だよ」

差し出された眼鏡の方向――右を向くと、アヤさんと篠原が並んで正座している。眼鏡をかけると、スウェット姿の篠原がよく見えた。不思議なことに――。

「どうしたんだ、そんな疲れた顔して。皺が増えて見えちまうぞ」

「そりゃ、もう四十一だもん」

思わず吹き出した。

「なに冗談言ってんだ。俺と同い年だろ」

「若旦那様。よくお戻りくださいました」

アヤさん、着物姿が前より色っぽくなっている。いや、そんなことを考えている場合ではない。

「なんで、水があんなに」

「台風十九号が来まして、昨晩、姿川が溢れましたの」

「逃げるのが間に合わなくてさ。とりあえず高いところに行かなきゃって、みんなで屋敷神の石段を上ったのよ」

「なんで、ヨシエ婆の家にいるんだ」

篠原は頭を掻くと、がっくりと首を垂れた。

「石庭家の母屋が床上浸水しちゃったんだよ。ヨシエちゃん家は土盛りしているし、母屋の床は高めの造りになっているから、大丈夫だったの。蔵はダメだったけどね。石庭の家が乾くまでは、ここで合宿かな」

「いいじゃん、合宿なんてさ」

若い女の声が聞こえた。知らない声だ。視線を向けると、茶髪のロングヘアで、ジャージ姿の中学生か高校生があぐらをかいている。この子は――。

「真奈！　やっぱり、俺は死んじまったのか……あれは三途の川だったんだ」

「わたしのこと言ってんの？　ルナだよ」

「ふざけるなよ、あいつは小一だ」

我ながら素っ頓狂な声だ。篠原が、俺の肩に手を優しく置いた。

「石庭君、落ち着いて聞いてね。今日は令和元年十月十三日。午前十時チョイ過ぎ」

「れいわ？」

「平成の次の元号だよ」

「お、おい。西暦で言ってくれ」

「――二〇一九年」

「なんだ、そりゃ！」

戻るべき時から、八年七か月も経過しているなんて。思わず飛び起きた。

篠原が、強く俺の肩を押し戻してくる。

「寝てなよ、石庭君」

「それどころじゃない。ダメだ、違うんだよ。戻りたかったのは、俺がいなくなった日なんだ」

「でも、戻ってきてくださいました」

アヤさんが涙ぐんでいる。

「あの時、若旦那様は私の目の前で消えてしまわれました。どこかの時代に行っていらしたのですよね？」

「……大正十二年九月二日、関東大震災の翌日だ。それから十日近くいた」

「もしかして、虎雄様にお会いになりましたの？　お召しになっていた浴衣、虎雄様のものでしたわ」

それで気が付いた。今の俺、パジャマ姿だ。

「おい、篠原。ちょっと訊きたいことが……」

篠原は、正座していた足を崩しながら言った。

「石庭君。一つ訂正させて。あたし、もう篠原姓じゃないの」

「えっ。結婚したのか」

最大級の衝撃が来た。

「今の名前は、園田紫です。ヨシエちゃんの養子になったから。ついでに言うと、あたし公務員辞めたの。震災の翌年に」

「なんで！」

「震災を機に思ったのよ。こんな世の中、いつどうなるか分からない。ならば、思い残すことのない人生を歩もうと」

「あんなに好き放題やってて、思い残すようなことがあるのかよ。何やってんだ、今」

「起業した。園田家の蔵でカフェとか、大谷ツアーガイドとか。旅行業の資格も取ったんだよ」

「旅行？　誰が来るんだよ」

篠原……いや、園田は肩をすくめて笑う。

「何言ってんの。今や大谷は大人気なんだよ。『日本遺産』にも認定されたの。カフェやレストランは次々にできてるし、映画やドラマのロケも多いし、動画サイトやSNSで話題沸騰してるもの」

「カ、カフェったって、篠……園田、湯も沸かせないだろ」

「篠原でいいよ。運営はアヤさんに一任してます。あたしはただのオーナーだもん」

アヤさんを見ると、憂うように目を伏せた。

「ですけれど……。カフェも浸水してしまいました」

「大丈夫、大丈夫。なんとかなるよ。震災だって乗り越えたじゃん」

気になる言葉がある。姿勢を正して、篠原を見た。

「説明してくれ。震災って、俺がいなくなった時の、あの揺れか？」

一転、篠原の表情が曇った。アヤさんとルナ、三人が視線を交わし合う。アヤさんは首を横に振り、ルナはうなずいた。

篠原は少し考えていた様子だったが、やがて咳払いをし、ためらいながらも口を開いた。

「あの……石庭君がヤマから落ちた地震ね、東北地方太平洋沖地震——地震や津波などの災害を総称して東日本大震災っていうの。マグニチュード九・〇。宇都宮市は最大で震度六強。そして……」

津波、原発事故、死者・行方不明者の数。彼女が語る言葉を、頭が……心が受け入れられない。

「そ、そうだ。俺、行かなきゃ」

立ち上がり、歩き出そうとしたが足が布団に絡んで、思いきり転んだ。

「どこへよ」

「職場に決まってんだろ。俺がいなきゃシステムは動かない。機器の更新が……」

篠原が真顔になった。なんだ、こんな顔見たことない。やめてくれ。

「たぶん、これがいちばんショックだと思うけど——受け止めてね。石庭君が八年失踪していたってことは——免職になったの」

人事規程の文面を思い出した。確か、正当な理由なく二十一日以上の間勤務を欠いた職員は、免職とかなんとかあったような。

「いや、大丈夫だ。正当な理由はある。処分は取り消せる！」

「大正時代にタイムスリップしてましたって、説明するの？」

全身の力が抜けた。

「クビ？　なんでだよ。俺が……俺がどんな思いをして戻ってきたと……」

緊張感を切り裂くように着信音が鳴った。ルナが畳に置いてあるものを手に取る。スマホだ！　今は高校生がスマホ持ってんのか。そういや俺、携帯どうしたっけ。……ああ、長屋に置いてきちまった。

「あ、紗枝ちゃん？　うん、一応無事だよ。え、宮の橋の方に行ってんの？　うっそー！　田川が氾濫して宇都宮駅周辺が水没！　ヤバくね？」

流れてくる情報を脳が処理できない。無意識に立ちあがり、玄関を目指した。篠原の鋭い声が響く。

「どこ行くの、石庭君」

「職場だよ」

「だから、もう……」

「行く」

「今日は日曜日だし、明日は祝日。行くんなら明後日だよ」

「そうだ、行くなら……」

ひらめいた。タイムスリップをやり直して、「正しい日」――二〇一一年三月十一日に行けばいい。もう一度、屋敷神の石段から駆け下りて姿川に飛び込めばいいんだ。

実行すべく、自宅に戻り屋敷神の祠を目指そうとしたが無理だった。雨は止《や》んで水も引いていたが、泥、流木、ゴミ、岩。靴が泥に埋まる。なんとか屋敷門をくぐったが、屋敷神の祠は大谷石の階段ごと崩壊していた。

「もともと震災でかなり傷んでたのよ。そこに、姿川の氾濫で……」

篠原を振り返らず、ヤマを見上げた。屋敷神の祠は崩れても山の神がまだある。

「なんだ！」

ヤマが——低くなっている。

「若旦那様が落ちた本震と、何度も続いた余震で山頂が崩れてしまいましたの。山の神の祠も……」

アヤさんの声も耳に入ってこない。

力なく周囲を見回すと、母屋や蔵の戸が開け放してある。乾燥させるためだろうか。視界に入る建物の内部は、泥。ひたすら泥だった。母屋にいたっては、岩や流木が入り込んでいる。

「なんだよこれ。石庭の家が……俺の家が……めちゃくちゃじゃないか」

ただ、うなだれた。

「石庭君、着替えよう。足も洗って。で、お腹に何か入れなよ。アヤさんに作ってもらってさ。ね？」

「いらん」

「食べるんだよ！」

篠原は俺の手を引きずって歩きだした。アヤさんが、俺の背中を押しながら語りかけてくる。

「柚子の木は無事でしたわ！　今年はいつになく早く熟し始めたので、もしかして若旦那様がお戻りになるかもと思っていましたの。せっかくですから、柚子で何か作りますわね！　ゆかりん様、園田の家のお台所貸してくださいな。百年厨房は浸水してしまって。母屋の台所も水で電気系統がやられてダメになってしまいました」

「任せたよ。あたしは、石庭君を見てるから」

頭の中が真っ白になったまま、ヨシエ婆の家に引きずられて行く。脱衣所に押し込まれ、ルナが持ってきたらしい俺の部屋着に着替えた。

手を洗いながら鏡を見て、あらためて気づいた。みんな相応に歳をとっているのに、俺だけが元のままだ。

ふらつきながら歩いて座敷の襖を開けると、もう一人変わらない人間がいた。

「ヨシエ婆！」

座卓でのんびりと、茶を飲んでいる。俺を見ると、ヒョイと手を上げた。

「おう、戻ったか。大輔！」

「ヨ、ヨシエ婆……いくつだよ……」

「百三歳。はっはっは」

「げ、元気だな」

「だって、虎雄さんと約束しちまったもん。虎雄さんがいよいよ危ない時、オラ、枕元で『もうちっと頑張れや』って声かけたんだ。そしたら、オラを見て言った。いつか大輔がいなくなる日が来るが、必ず戻る。その時まで石庭の家を見守ってくれと。何言ってんだ、毎日オラに家を覗けという意味かと思ってたが、こういうことだったんだな。虎雄さんも大満足だんべ。あの世に行ったら、虎雄さんに褒美もらわなきゃな、はっはっは」

「……前に言ってた約束って、それだったのか」

合点がいった。

この八年七か月の出来事を、篠原とヨシエ婆がマシンガントークで話してくるが、耳にも心にも入ってこない。その間に一時間ほどが経過した。

「お待たせいたしました」

大きな土鍋を持って、アヤさんが座敷に入ってくる。

「アヤママ手伝ったから、お腹減ったよぉ」

盆に皿と茶碗を載せて、ルナも姿を見せた。座卓に置かれた鍋を、篠原がしげしげと見つめる。

「めっちゃいい香り。なにこれ」

「『ゆいり』っていうんだって。見て！」

ルナが鍋の蓋を開けた。熱気と蒸気、そして柚子と鮎《あゆ》、醬油の香りが辺り一面に広がる。

「おおー！　ウマそう。ほら石庭君。食べな」

あの篠原が、先に俺の分をよそった。正直、食欲は全くない。それでも、あまりにも良い香りにつられて、ホンの一口だけ食べてみた。鮎と柚子のほろ苦さ、香ばしさ、醬油と砂糖のノスタルジックな味、そしてホロホロに柔らかくなった鮎の身。「安らぎ」が口の中に広がった。

篠原は、食べながら目を輝かせている。

「ンマいー！　ゆいりって、どういう漢字を書くの？」

「柚子の柚に、煎茶の煎で柚煎りですわ。停電で冷凍庫の鮎が全部解凍されてしまったので、使わせていただきました」

「もしや、あたしが那珂川《なかがわ》町の漁師さんから買ってきたヤツ！　がーん。ガレオスだから焼き干しにしようと思ってたのに」

「ガレオス？　何それ、ロボットアニメ？」

キョトンとするルナに、篠原は笑いながら言った。

「産卵時期の、やせた雄鮎を栃木ではそう言うの。鮎の産卵場所は川の中流から下流域だから、県内だと那珂川水系だけなんだよ。この時期の雄は脂肪分が少ないからあまりおいしくないんだけど、焼き干しにしてダシにすると最高なんだ。アヤさん、これ、どうやって作んの」

「鍋に鮎が浸るくらいのお水を入れて、お醤油とお砂糖で煮るんです。その時、薄く半月切りにした柚子も入れますの。鮎が二十四でしたから、柚子は二個。蓋をして、焦げ付かないようこまめに鍋をゆすりながら、一時間ほど煮たらできあがりです」

「どこの料理なの？　栃木の鮎料理は有名だけど、あたしでも見たことないよ」

「阿波《あわ》――今は徳島ですわね。そちらのお料理です。蜂須賀《はちすか》家で小間使いをしましたので、そこで教えていただきましたの」

ルナが、箸を持ったまま悶《もだ》えた。

「蜂須賀家キター！　徳島のお大名様じゃん。維新後は侯爵だよね」

もしや、歴史オタクに育ったのか。

篠原は鮎が載った皿をヨシエ婆の前に置いた。

「華族の小間使いは大変だったたって随筆、読んだことある。給料は安いのに、着物はしっかりしたもの着なきゃならないから、赤字だって」

アヤさんは、ふふと笑う。

「口入屋さんの世話で、小間使いに上がったのですけれど……。お作法やお行儀、言葉遣いも厳しくて。早々に辞めてしまいました」

箸を置いた。食べる気は、全く消え失《う》せた。産卵期に生命を燃やし、精根尽き果てたであろうガレオスに、俺の今の姿が重なったから——だけじゃない。言わなくてはならないことを思い出したからだ。

「アヤさん。俺が会ったのは、じいちゃんだけじゃない。アヤさんの弟にもだ」

彼女の笑顔は瞬時に消え去った。

「な、なんであの子が……」

「アヤさんが大谷の石材商の家にいると知り、頼って東京から避難してきたんだよ。宇都宮駅で出会ったんだ。いや、停車場か」

篠原の目の色が変わる。身を乗り出して、俺をまじまじと見た。

「じゃあ石庭君、宇都宮駅の二代目駅舎見たの！　宮大工が作ったという壮麗な建物じゃん。いいなー！」

「いい？　何がいいんだよ」

悲しみと怒りが俺の中で渦巻いて、厳しい言葉となって口から出てくる。

「アヤさん、あんな日記書いていた理由が分かった。全部聴いたよ、弟さんに。あんた、化けこみなんだってな」

「！」

「化けこみ？　何それ」

ルナが鮎の身をほぐしながら首を傾げた。隣に座る篠原は何度も何度もうなずきながらアヤさんに視線を送っている。

「なるほどなるほど。だからアヤさんは、あっちこっちで女中さんをしてたんだ。ルナちゃん、化けこみってのはね。昔、新聞や雑誌の女性記者がセレブ宅に女中として潜り込んで、スキャンダルを暴いたの。それのことだよ」

「マジ！　それって潜入調査じゃん。カッコいー」

なんで二人揃って能天気なんだ。俺は両手で座卓を叩いた。

「アヤさん、亭主と子どもを捨てて化けこみになったんだって？　捨て子の俺の前で、どんな気持ちでいたんだよ！」

下を向いたままのアヤさんは、腿《もも》の上で両手を握りしめている。

「それに俺、言ったよな？　家のことに首を突っ込まれるの、大嫌いだって。まさに『家政婦も見た！』だよ。子捨てに化けこみ。裏切りだよ。俺だけじゃない、ルナに対しても――」

「……裏切り？」

ルナが俺に視線を向けた。目が徐々に吊り上がってくる。きっと怒りがこみあげているんだろう、アヤさんに――。

「違う、裏切ったのはおじさんだよ。なんだよ、ずっとそばにいるとか言って、結局いなくなったじゃん。アヤママはおじさんがいない間、ゆかりんママと一緒にいつもわたしを守ってくれたんだよ」

「お、俺は、好きでいなくなったんじゃないだろ！」

「言い訳だよ！」

「おやめください、おルナ様。悪いのはすべて私ですから。もう、いいんです」

「よくない！　アヤママが化けこみだからって、なんだよ。全然関係ないじゃん」

「まあまあ。ご飯の時にケンカはやめてよ。楽しく食べよう。せっかくアヤさんが作ってくれたんだから」

篠原は、鍋の残りを全部ルナの皿によそった。

ヤケクソのように、ルナは鮎をパクパクと食べる。量が減るにつれ、怒りの表情が和らいでいった。

「これ、マジウマい。アヤママ、来シーズン鮎が始まったらまた作って。解禁って六月だっけ？　柚子を冷凍しとけば大丈夫だよね」

アヤさんは力なく笑った。

「このお料理は、鮎の産卵時期――『鮎が瀬に附《つ》くころ』が柚子が熟す時と重なって、いちばんおいしいそうです。また来年の今頃ですね」

「そっか。『時』が結ぶ味ってワケね」

時が結ぶ？　ルナの言葉が突き刺さる。

俺はなんで、今この時に結びつけられたんだ。

無神論者だった俺が、神や仏の存在を初めて感じた。実在するんだ、俺をとことん気に入らない神が。幼い俺の「お母さんに会いたい」という願いは叶えてくれず、「みんなにまた会いたい」と願ったら、このザマだ。

神様、なんで、「この時」に俺を送り込んだんだ。

どうやって生きていけばいいんだ。仕事も、家も、ルナの信頼も無くしたこの俺が。何をどうやって。

本当に、何も、何も、何も無い。

「寝る」

それだけ言うと、襖を開けて東隣の部屋に行った。ヨシエ婆の家は、座敷を囲むように四つの部屋がある。気を失った俺が寝かされていたのは、その部屋だった。

何も考えたくない。敷いてあった布団に潜り込んだその時、気づいた。

そうだ、もしかして――。明後日、職場に行ったら、係長が喜んでくれるんじゃないか。

「石庭君じゃないか！　助かったよー！　庁内システムは君がいないと、どうにもならないからさ。人事規程？　気にしない気にしない」

喜んで人事課に交渉してくれるかもしれない。

いや、待てよ。確か、社会人枠の採用があったはずだ——行政職で、ホンの数人だけど。これは、もしかしてもしかするぞ。少し希望が芽生えて安心したからか、そのまま寝てしまった。

翌日は部屋に一日引きこもり、翌々日は六時に起きて、玄関を出ようとした。

「どこ行くのよ、石庭君」

篠原の声が背後から聞こえたが、振り返らない。

「職場」

「車で？　石庭君の免許はもう失効してる。もう一度運転免許試験受けなきゃダメ」

「あ、歩いて行く」

「十キロ歩くっての？」

「そうだよ！」

母屋の俺の部屋も泥まみれだったが、タンスの上の方は無事だった。職場で貸与された作業服に身を包み、長靴を履いて歩きだす。

あちこちに水害の跡が生々しく残り、通行止めも多い。三時間もかかって、着いたのは十時近くだった。

庁舎に来たのはいいが、どこの部署に行くべきか。俺がいなくなってから人事異動は九回行われているだろうし、誰がどこにいるのか皆目見当がつかない。とりあえずは、人事課を目指した。すれ違う職員が、俺の顔を見て驚愕する。理由は分かるが無視した。

人事課前に掲示してあった座席表を見て、思わず息を呑んだ。

あの宮田係長が、人事課長になっている！　良かった、話が早い。思いきりドアノブを押した。

「石庭君！　幽霊じゃないよね！」

課長席でパソコンを見ていた係長――いや、課長は絶叫した。つられて、職員たちが俺を見る。

「はい、係長……いや、宮田課長。お久しぶりです。ご迷惑をおかけしました」

「どうしてたんだい、今まで！」

大正時代にタイムスリップしてました、なんて言えるはずもない。

「いえ、あの……」

「ま、とりあえずこっちへおいでよ」

背中側のドアを開けて、課長は俺を薄暗い部屋に引きずり込んだ。ここは打ち合わせ室だ。六畳くらいの、窓のない部屋。俺を座らせ、向かいに腰を下ろした。

「あ、あの……。申し訳ありませんでした。震災の時の揺れでヤマから落ちて、その……。頭を打って、どうも、記憶喪失になったようなんです。そのまま、どこかへ行ってたみたいで。一昨日、記憶をイッキに取り戻しまして、帰ってきました」

「ふぅん。そうなの。大変だったんだねぇ」

九割方信じてないような顔だった。

「しかし、無事で何より、うん。で、これからどうすんの?」

「あの……人事規程は知っています」

「良かった。復職したいなんて言われたら、どうしようと思っちゃった」

「で、でも社会人枠の採用試験、ありますよね」

「うん。でも三十九歳までだから。君、もう四十過ぎちゃってるでしょ」

「!」

「それにもう、情報専門職は採用してないんだよね。システムは業者委託にしちゃったし、サーバもクラウド……あ、これは言えないや。でも大丈夫だよ、石庭君なら。民間だって引く手あまただよ! いいなぁ。俺なんか、なんのスキルもない行政職だしさ」

帰ろう。立ち上がる力が出ないが、なんとか腰を上げた。

「……お忙しいところ、ありがとうございました」

「いやいや。落ち着いたら、また来てよ。お茶飲みにでも」

二度と来ねえよ。という言葉は、心だけでつぶやいた。

聞き耳を立てていたんだろう。俺がドアを開けると、職員たちが一斉に居住まいを正した。職員用のパソコンが視界に入る。何かスッキリしていると思ったら、LANケーブルがない。そして、あのパソコンは。

思わず、つぶやいた。

「無線LANにシン・クライアント……」

課長の声が、背後から聞こえてくる。

「そうなの。大変だったよ。頼りになる石庭君がいなくなっちゃったから。苦労の過程を教えたいけど、君、もう職員じゃないからさ。セキュリティで言えないんだ。ごめんね」

部屋を飛び出した。耐えきれず、そのまま外へ走り出た。息が切れるまで、走り続けた。もともと体力が無いので、門を出た段階で足が止まってしまった。

「用なしってやつだな、ホント」

肩を落とし、市役所前通りを歩き始める。ふと、書店が目に留まり足を止めた。レンタルビデオ店と一体になっている大型チェーン店だ。連載をずっと読んでた演劇漫画、何巻まで行ったんだろう。足を踏み入れた俺は、あんぐりと口を開けた。

アヤさんがいた。

いや、正確に言うならば、アヤさんの等身大パネルが真正面にあった。大きな赤いリボンの束髪に、着物。白いエプロン。ベーキャップルの時のような服装をして、銀の盆にクリームソーダを載せて、にっこり笑っている。化粧も華やかだ。

そのパネルを、ポップが彩っている。

――AYAの『進化形☆大正浪漫レシピ』第五弾、本日発売！

――SNSのフォロワー数五十万人を超えるインフルエンサーAYAが、大正時代の料理をイマドキにアレンジした話題のレシピを紹介！

――シリーズ累計、七十万部突破！

――AYAの既刊エッセイフェアも同時開催！

茫然と立ちすくんでいると、それぞれにベビーカーを押す女性二人が、嬉しそうに平積みの本を手に取った。

「やったあ。AYAの新刊ゲット」

「ね、ユーチューブの『AYAの大正チャンネル』、観てる？」

「もちろん！　あたしは、ゆかりん目当てだけど。カッコいいよね。ほんと、宝塚の男役みたい」

回れ右をし、トボトボと家に向かって歩きだした。足取りは朝よりも重く、家が見えてきたのは夕方近くなってからだった。

長屋門に着いた。見える光景は、何も変わっていない。泥と流木、ゴミだらけだ。

そうか、自分で片付けないと変わらないんだ。でも、今の俺にそんな気力は無い。

「石庭君」

篠原の声がした。彼女のものとは思えないほど弱々しくて、思わず振り返った。

「どうしたんだ、目が真っ赤だぞ」

「ヨシエちゃん……が……」

それから先が、言えないらしい。口をパクパク動かすが、言葉が出てこない。

慌てて園田家に行くと、座敷の布団にヨシエ婆が横たわっていた。その隣で、アヤさんとルナが並んで正座している。顔を上げたアヤさんの目は赤くて、濡れていた。

「若旦那様……。いつも朝早いヨシエさんがお昼まで寝てらっしゃるので、おかしいと思ったんです。お熱でもあるのかと額を触ったら、もう……冷たくて」

いや、ありえない。あのヨシエ婆が動かないなんて。

「アヤさん、ベーキャップル作れば。そしたら、飛び起きるよ」

「そうだよ、今すぐ作って！　早く、早く作ってよぉ！」

ルナはヨシエ婆にしがみついて、わあわあ泣き始めた。その背中を、アヤさんが優しく叩く。

「震災のとき、若旦那様が消えた後、おルナ様ずっと泣いていらしたんです。おじさんいなくなっちゃったって。でも、ヨシエさんが『大輔は必ず戻る。それまでオラがついてるから、安心しろや』って励まされて」

後ろから、篠原の泣いているような、笑っているような声が聞こえてくる。

「今ごろ、あの世でベーキャップル食べながら、みんなに自慢してるよ。オラ、虎雄さんとの約束、見事果たしたぞ、大輔の帰還を見届けたぞってさ」

ヨシエ婆の頭を撫でてみた。髪は真っ白でぱさぱさで、スカスカだ。百年厨房で、子どものヨシエ婆の頭を撫でた時を思い出した。

「髪がこんなになるまで……見守ってくれていたんだな……。俺、ひでえことばかり言っちまった……ごめん……本当に、俺ってヤツは……」

ただ、涙と鼻水で顔を濡らした。

「オラが死んだら通夜も葬式も一切いらねえ。新聞のお悔やみ欄にも出すな」と篠原はさんざん言われていたらしい。しかし、何もなくても近所の人たちが次々に焼香に来る。

みんなが驚いたのはヨシエ婆の訃報よりも、俺の姿だった。

「大ちゃん！　いったい、どこに行ってたんだい！　八年……九年近くも」

「みんなに心配かけて！　電話の一本でも入れればよかんべな」

「何してたんだい！　こんな長い間」

心配していたから言ってくれるのだと、頭では分かる。でも、その言葉も視線も、今の俺には責められているとしか感じられない。

亡くなった翌々日の午後が、ヨシエ婆の出棺となった。斎場までついていく気力がなく、旅立つ車をヨシエ婆の家から見送った。何も考えられないまま立ちつくしていると、風が吹いてきた。

静かな秋の風だ。穏やかな涼しさを感じて、心地よい――はずが、痛かった。風が触っていく頬も、体も。刃物が通り過ぎていくようだ。

そよ風が、痛い。

それで分かった。もう俺の精神《こころ》は限界なんだと。

「帰ろう」

トボトボと長屋門をくぐり自宅の母屋に行った。廃屋同然となった我が家が俺を出迎える。

体は残っているけど、中はズタボロ。今の俺を見ているようでつらすぎる。もう俺の居場所はなくなってしまった――。

世紀末のような光景の中で、一か所だけ命を感じさせる場所があった。庭の柚子の木だ。たわわな実のいくつかが、黄色くなり始めている。

アヤさんが作った「柚煎り」の味が蘇る。ほろ苦く、滋味深い味だった。

「『時』が結ぶ味ってワケね！」

ルナが無邪気に言っていた。しかし俺を結ぶものは、もう何もない。

――いや、ある。あそこへ行こう。

俺は、最後の気力を振り絞ってヤマへ向かった。

第八章　「おいしい」は世紀をつなぐ

――あそこだけは、無事であってくれ。

ヤマは山頂が崩れて、以前の五分の四くらいの高さになっていたが、登山道は残っている。道から逸れ、草をかき分け向かった先は――秘湖への入り口だった。

まだ鍵は開くだろうかと、指を震わせながら四桁の数字を合わせる。

かちり、と音がした。

鉄格子を開けて一歩踏みこんだ瞬間、思わず「うおっ」と叫んでしまった。

水が入り口付近まで来ている。そして、目の前にあるのはボートだ。

考えてみれば、ここには大谷の地下水が流れ込んできている。歴史的な豪雨で流入する水の量がイッキに増えて、ここまで流されてきたんだろう。

しかし、石壁にかけていたヘッドライトと懐中電灯までは浸水してなかった。スイッチを入れてみたが、まだ点く。

――俺が育てた空間だけは、待っていてくれたんだ。

俺を迎えに来てくれたようなボートに乗りこみ、オールを漕ぎ始める。

流れに乗るとヘッドライトを消し、オールも手から放した。舟底に横になって流れに身を任せる。

闇が俺を包み込む。そのまま体と心の奥底まで侵食されて、空間と一体になるような気分になった。映画が始まる寸前、明かりが落とされてスクリーンに映像が投影されるまでの短い時間と似ている。

大きなため息をついた。両手で顔を覆う。

この状況になって分かった。「呪縛」だと思っていたもの――家、職場――に、俺は庇護《ひご》されていた。行く手を立ちふさいでいた怪獣は、実は俺を守っていたんだ。

思い出す――。

ルナが小一の、旧暦の七夕の日。みんなをここに連れてきたっけ。

なぜか「秘密告白合戦」になり、俺も自分の名前の由来を話してしまった。

俺の名前は「普通の人生が送れるように」と付けられたはずなのに――どこが普通なんだ。

そういえば、みんなの短冊も流したな。俺がそっと書いた短冊も。

あの短冊に、俺はなんて書いたんだっけ。

思い出せずにいると、ふと違和感に気づいた。何度も何度も来ている場所なのに、なんだ、このヘンな感覚は。

——天井が近い。

そうか、水位が高いんだ。今までも、梅雨や大雨で水量が増えたことはあった。しかし、ここまで水位が上がっているのは初めてだ。天井の圧迫感まであるなんて、少なくとも一メートルは上昇しているんじゃなかろうか。

もしかして。今までとても手が届かなかった天井近くの壁の穴、入れるのでは。

急いで身を起こしてヘッドライトを点けた。オールを持ち、勢いよく漕ぎだす。

「神殿」に入り、穴を照らして探してみた。近い！　なんとか手が届くかも。慌てて、ボートの底に丸めてあったロープを腰に巻いた。そっと立ち上がり、穴に手を伸ばす。どうにか上がれそうだ。

ロープの端をボートに結び、穴のふちに手をかけて中を覗く。立ち上がれる高さはないが、四つん這いで行く分には大丈夫そうだ。横幅も十分ある。そのまま、体を前に進めた。

昔、ドキュメンタリー番組で観た「ピラミッドの隠し通路」を連想する。コウモリが襲ってきたり、トラップがあったりしたらどうしよう……という恐怖よりも、好奇心の方がはるかに勝った。素手なのでコッパが痛いが、気にせず進む。しかし、三メートルくらい進んだところで、行き止まりだった。横穴もない。

「これで終わり？」

気が抜けてその場に寝ころぶ。すると、頭に固いものがぶつかった。

「痛《いて》ぇ！」

頭をさすりながら地面にヘッドライトを向けると、木箱があった。これは、アヤさんが冷やしコーヒーを入れるのに使っていた氷箱？　確か、じいちゃんが誰かに特注したとか言っていた。他にもあったんだ。

箱をまじまじと見る。特に鍵がかかっているワケではなさそうだ。

「くっ」

力を入れるが、なかなか開かない。今度は振ってみた。カラカラと音がする。何か硬くて小さいものが入っているらしい。

一度、家に戻ることにした。

篠原たちはまだ戻っていない。ホッとした。一人で謎に挑める。

庭で作業を始めた。マイナスドライバーを箱の開閉部に挿し込んでみるが、力を込めて動かしても、どうにも開かない。

「あー！　頭に来る！」

地面に箱を叩きつけた――と同時にパカッと開き、中身が地面に転がり出る。慌てて拾い上げ、泥をぬぐってまじまじと眺めた。

「鍵？」

普通の鍵だが、結構大きい。これは――どこかで見た記憶がある。それも、つい最近だ。そうだ、若き日のじいちゃんが俺と会った時、書庫の蔵を開けるのに使っていた。今は「開かずの蔵」になっている、あの蔵だ。

慌てて、蔵まで走った。

震える手で鍵穴に鍵を挿し込み、開いてくれと願いながら回す。伝わってくる感触は、俺に「正解」だと伝えていた。

音を立てて、重い戸が開く。

床は乾いていて、浸水の跡はない。そういや、篠原が言っていたな。昔から洪水の被害がある地域は、「水屋」と呼ばれる土盛りした蔵があり、大切なものはそこにしまい込んで浸水から守るのだと。

ホコリ臭い。内開きの鉄製窓を開けて、空気と明かりを入れた。

陽光がイッキに差し込んでくる。蔵の中は、じいちゃんがランタンで照らした時とあまり変わっていないようだ。並ぶ棚の上に、書類と冊子が山になっている。

しかし、あの時には無かったものがあった。

棚の端に置かれた木箱だ。また、あの氷箱がある。ガタガタ揺らしてみると今度は簡単に開いた。中を見て、息を呑む。

「俺の携帯だ！」

長屋に置いてきてしまったものだ。慌てて電源ボタンを押したが、ウンともスンとも言わない。

「当たり前か」

携帯電話の下には、大きめの封筒が三つ入っていた。いちばん上の封筒の中に、古い本が入っている。文庫本より二回りくらい大きいサイズだ。タイトルは――。

『化けこみ行進曲』

茶色に変色した表紙には、和服姿の若い女性のイラストがあった。「仮面舞踏会」のようなマスクをつけ、意味深に笑っている。開くと、扉に「東京新報婦人記者 仮面の乙女 著」とあった。アヤさんの弟が言っていた新聞社だ！

慌ててページをめくった。目次には吉原遊郭、銀座のカフェー、塩原温泉、そしてモデルあっせん所――。

当時の特殊な世界が、「仮面の乙女」の視点から描かれていた。臨場感溢れる文章は、まるでガイドを受けながら現地案内をされている気分になる。登場するのも、愉快で一癖ある人物ばかり。旧字体なのに読みやすく、小説のようにハラハラドキドキしてしまう。

イッキに読み終えた。巻末を見てみると大正十四年四月印刷とあり、正式な著者名も書いてあった。

松島文。

「石庭君、この蔵の鍵見つけたの！」

振り返ると、蔵の入り口に喪服姿の篠原、アヤさん、制服姿のルナが立っていた。

「……ああ。秘湖の神殿の穴、覚えてるか？　あの中に鍵があったんだよ。雨で水位が上昇して、中に入れたんだ」

「若旦那様、その本……」

仮面の乙女――アヤさん――が目を見開いて、俺の手元を見つめている。

「アヤさんの化けこみ記事をまとめたものらしい。じいちゃんが手に入れたんだな」

「本になっていたなんて――」

嬉しさと驚きが入り混じった顔で、アヤさんは頰に手を当てた。

「確かに、アヤさん文章上手だよ。文と書いてアヤ。名前のとおりだな」

「お、恐れ入ります」

彼女は、何度も何度も頭を下げる。

「でも確かに、子ども産まなきゃ良かったたって書いてあったな。モデルあっせん所のところ。弟さんの言っていたとおりだ」

勢いよく頭を上げ、アヤさんは大きく手を振った。

「そ、それは、編集主幹が勝手に変えてしまって——！　いつもそうでした、こっちの方が読者に受けるんだって……私が一生懸命書いた文章に、あれこれ手を入れて」

彼女の目から、涙が珠《たま》になってポロポロこぼれてきた。

「私、小さいころから文章を書くことが好きで好きで。女流作家以外の未来は考えられませんでした。なのに物語を作り出す才能は無くて、小説ではなく随筆で生きて行こうと思いました。だけど、普通の女が随筆を書いたって、誰も読んでくれません。学もツテもコネも無い私が文章を世の中に出すなんて、あの時代ではこれしか……化けこみしか方法はなかったんです！」

「子どもを捨ててもいいくらい、な」

「……ええ。そうです。私は、自分のためにしか生きられないんです」

ルナは何か思いついたかのように、両手を合わせた。

「そうだ、アヤママ。文豪の家に化けこみすれば良かったんだよ。女中として気に入ってもらえたら、お弟子さんにしてもらえたんじゃね？」

「とんでもない」

アヤさんは、ルナを見てブルブルと首を振る。

「妾《めかけ》になったら面倒を見てやるという先生ばかりで。なので、化けこみがてら銀座のカフェーで女給をしてみましたの。コネができるかなと思いまして。そしたら、お客様でいらした随筆家の先生が、乗り気になってくださったんです。美術がご趣味で、『陶器に絵付けがしたいんだけど、絵筆が手に入らないんだ。犬の毛を使うらしいんだけど。筆を見つけてきたら弟子にしてやるよ』とおっしゃったのですが、結局、見つかりませんでしたわ」

「だから絵筆が欲しかったんだね、アヤママ」

「でも、その先生には『かぐや爺』ってあだ名がついてました。弟子入り希望者には、無理難題を出すのですって。結局、本気じゃないのですわ」

「石庭君、ほかにも封筒あるよね？　なに」

篠原はとにかく箱の中身に興味があるらしい。手を突っ込んだ俺は、封筒の厚さに気づいた。

「これも……本だ」

中からは、A5サイズくらいの分厚く黄ばんだ本が出てきた。破かないように、慎重に開いてみる。

「雑誌かな。『紳士諸君』だと。大正十五年二月発行ってなってる」

頬を掻きながら、篠原は苦笑いした。

「そのころあった男性向け雑誌だよ。読者投稿がメインのはず。当時の男の愚痴ばっかりで面白いよ。あたし、国立国会図書館で読んだ」

「じいちゃん、なんか投稿したのかな」

パラパラと中をめくると、栞《しおり》が挟んである。そのページにある投稿者とタイトルを読み上げた。

「えーと『化けこみとなった妻よ、さらば　我、真実の愛に生きん』嶋田章一《しまだしょういち》」

アヤさんの冷たく硬い声が響く。

「……それ、夫ですわ」

「えっ」

「ちょっと、見せなよ石庭君」

俺の手にある本を、すごい勢いで篠原とアヤさんが奪いにきた。

「やめろよ、破れるだろ！」

読み始めたが、こっちの文章はへたくそで読みづらい。旧字体がかったるく、結局のところ篠原が代読した。

「アヤさんの旦那さんは妻に捨てられ打ちひしがれたものの、昔から自分を見守ってくれていた幼馴染《おさななじみ》のツルさんの優しさに気づき求婚、残された子どもと共に愛溢れる家庭を築くことにした。元妻は東京新報に就職し、昨今話題の化けこみとなった。そんなことをしていたらバチが当たるに違いない。真面目に生きてきた自分は、これから花を開かせるんだ、みたいな内容ね」

「なんですって！」

アヤさんの表情が歪む。握りしめた両の拳が白くなるにつれ、頬が紅潮していく。

「そのツルというのは、夫の長年の女ですわ。私が嫁いだ時には、すでにいましたもの。体の事情で子どもができないだろうと医者に言われていて、夫の親が結婚させなかったんです。私が出産した日も、夫はツルの家にいて、帰ってきませんでした。やっと帰ってきたと思ったら『後継ぎもできたし、もう僕はツルのところにいてもいいですよね、お母様』って姑《しゅうとめ》に言って。その姑もあっさり『いいわよ、章ちゃん。好きになさい』なんて」

が、ふと表情が緩んだ。

「でも、あの子、可愛がってもらえているのね」

写真が一枚載っていた。小学校低学年くらいの男の子を挟んで、父母らしき男女が立っている。子どもの服も立派で、楽しそうな笑顔だった。

「良かった……」

その表情には安堵と喜びがある。

思えた。

正直、どちらの話が真実なのかは分からない。でも、その表情には嘘はない。そう思えた。

とすると、三つ目の封筒はなんだろう。手に取ってみた。

「……和紙が入ってる。二枚だな」

中身を取り出してみると、筆で何やら書いてある。

「相変わらず、草書体なんだか字が下手くそなんだか。俺には読めない」

「あたしにお任せ」

篠原は俺の手から和紙を奪い取り、しばし眺めた後、意味深な表情で俺を見た。

「おじいちゃんから石庭君への手紙。読んでいい？」

「え！　あ、ああ」

何度か咳払いをして、篠原は声を張り上げた。

「大輔へ
四十年前、突然現れたお前が、『これから大谷石の時代が来る』と言ってくれたから、苦しい時代を耐え抜けた。大谷はいま、黄金時代を迎えている。しかし採掘がどんどん機械化されて、俺はもう時代についていけない。大谷石を運んだ鉄道も、トラックに取って代わられた。コンクリート時代の到来を考えると、我が家の商売はこのあたりが潮時だろう。大輔、お前は好きな仕事が選べることを願う。

捨てたコッパから草木が生えることに驚いていたな。最近の研究で、コッパに肥料を蓄える効果があることが分かったらしい。なんとか次世代につなぐことができたこの家と土地が、俺が気づかない何かでお前の役に立てるなら、肩の荷が下りる。

お前の話だと、未来に行ったアヤの料理に、ずいぶん助けてもらうようだ。だから『百年厨房』を贈る。アヤがいた時のままにするため、お前がいなくなった後、すぐに蔵は閉鎖した。鍵は、アヤなら分かる場所にしまってある。アヤが未来に行ったら、すぐに見つけるはずだ。そして、この手紙や俺の日記をしまうこの蔵も、廃業と共に閉じるつもりだ。こんな内容を人目にふれさせるわけにはいかない。鍵は、最後の採掘坑に掘った横穴に入れておいた。お前の忘れ物は、こちらの箱に入れておく。携帯電話と言っていたな。少し遊ばせてもらった。

では、子どものお前が家にやってくるのを、楽しみに待っている。いつの日か、この手紙が読まれるかもしれないと思うと、心が浮き立つ。大輔、果たしてお前は見つけられるかな？

虎雄　昭和三十八年四月一日」

篠原は、手紙を俺にそっと差し出した。震えるのは受け取る手だけじゃない。

「エ、エイプリルフールじゃねぇだろうな、おい」

恥ずかしいくらい声も震えているのが、自分でも分かる。

「だから、神殿の穴見て笑ってたんだな、じいちゃん」

「あれ？ 石庭君、封筒にもう一枚入ってた。追伸だって」

「なにっ」

篠原が読み上げた。

「追伸 百年厨房に置いた壺は、ルナへの贈り物だ。アヤに壺飯を作ってもらえ」

「なんだぁ。だから壺がポツンとあったんだ。ひいじいちゃん、優しいなぁ」

ルナが飛び跳ねんばかりに喜んでいる。この姿、あの世からじいちゃんも見てくれているだろうか。血のつながりなんか無くても、可愛いひ孫だ。そして、俺の大切な姪なんだ。

ホッとしたからなのか、腹が鳴きだした。

「アヤさん、すみません。腹が減っちまって。何か作ってもらえますか」

「あ、あら。まあ！ ええ、もちろんです。何がよろしいかしら」

俺はありったけの笑顔を浮かべた。

「ベーキャップル」

「いいね！　ヨシエちゃんも喜ぶよ」

篠原が、俺の背中をバンバンと叩いた。

園田家の座敷で、篠原がヨシエ婆の遺影にベーキャップルを供えて拝んだ。

座卓に座る俺たちの前でも、黒い陶器の平皿に盛られた作りたてのベーキャップルが湯気を上げている。

「わたし、バニラアイス載っけようっと」

ルナは、いそいそと台所へと消えていった。

そうだ、アヤさんに教えてあげよう。スプーンを置いて、彼女に言った。

「アヤさん、実は、タイムスリップのやり方が分かった気がする」

キョトンと俺を見る。

「それには屋敷神の祠か、山の神の祠が必要なんだが、両方もう無い。でも、なんとか再建すれば——」

「ダメ！」

ものすごい勢いで、台所からルナが戻ってきた。

「やめてよ！　アヤママがいなくなったら、わたし死んじゃう」

叫びながら、半泣きでアヤさんを抱きしめる。俺は慌てた。

「ルナがそんなこと言ったって、アヤさんには元の時代に友達とか家族が……」

「今は、わたしが家族なの！」

アヤさんは、俺を見据えた。

「若旦那様、ありがとうございます。でも戻りません。私、今の時代が好きなんです。この時代にいたいんです。思いのままに文章を書けて、誰に改変されることもなく、そのまますぐに全世界に発表できる。それで生活ができる、素晴らしい時代なのですもの」

迫力に圧倒される。自分の道を見つけた強さだろうか。

「……アヤさん。本屋で見かけたよ、レシピ本。エッセイまで出してるんだな」

ぱぁっと、その顔が光り輝いた。

「あら！　嬉しいですわ！　本当に、最高の時代ですわよね！」

ホッとしたのか、ルナは自分の席に戻ってベーキャップルをパクついた。

「それに、アヤママのおかげで、わたしたち生活できてるようなもんだし」

「え？　起業してカフェとかツアーやってるんだろ。篠原が」

篠原は頬杖をつき、自嘲気味の笑みを浮かべた。

「わが社の稼ぎ頭はメディア部門、つまりはアヤさんでござんす。園田の家の蔵は、小さいもん。カウンターしかないし、六人で満席よ。調理スペースもほとんどないから、ドリンクと焼き菓子くらいしか出せない。ツアーったって、満員なのは土日くらいよ。しかも……」

盛大なため息をつきながら、座卓に突っ伏した。

「蔵は水没。こんな状況じゃツアーも無理だね。バカだ、あたし。なんで火災保険に水害オプションつけなかったんだろう」

「だ、大丈夫ですわ。ゆかりん様。私の新刊が出ましたし……」

篠原は顔を上げると、ゆっくりと首を横に振った。

「印税は、石庭家の修復に使いなよ。かーなーりー費用がかかると思うよ」

「俺の家は、俺がなんとかする。じいちゃんが書いてたろ、役立てろって」

「なんとかする？　何をどうやって」

そうだ。俺は今、哀《かな》しい無職だった。

「それに、ルナちゃんの進学費用も貯《た》めなきゃならないでしょ」

「進学？　ル、ルナ、どこに行きたいんだ」

「陶芸コースのあるところ」

ルナはベーキャップルが載っている皿を指さした。この素朴感、益子焼か。

「だから美大だよね。将来、陶芸家になるんだもん」

「――いいよな、ルナは。未来があって」

ため息をついて、下を向いた。

「なんで？　おじさんだって未来あるじゃん」

「何言ってんだよ、仕事も無いし家も無い。なーんにも無い。真っ白だ」

あっけらかんとした顔でルナは言う。

「いいじゃん！　これから好きなように絵付けできるんだよ」

――そっか。なんだろう。ちょっと心が軽くなった――気がする。

アヤさんは座卓に両手をつき、宣言するように胸を張った。

「私、がんばって本をいっぱい書きますわ！　だからみなさま、大丈夫です」

「アヤさん、すまない」

素直に、頭を下げた。

「すまないなんてこと、ございません」

アヤさんは俺たちを見回し、優しく微笑んだ。

「私の家族ですもの。みなさまが」

「でも、不思議な家族だよね。割とマジで、誰が何やら」

ルナが呆れたような表情《かお》で頰を搔いている。

家族――。

父、母、子ども、じいちゃん、ばあちゃん。そういう役割や血で結びついているのではない、こういう運命共同体の家族もあるのか。

ふと、ヨシエ婆の遺影が目に入った。

「大輔、どうだ。楽しかんべ？　オラも仲間に入れろや」

そう言ってニヤリと笑っている、そんな気分になった。


翌朝。

昨日ベーキャップルを食べたからか、無性にバンバに行きたくなった。水害で運休区間もあったが通常運行に戻ったらしいので、何十年かぶりにバスで行くことにした。

運転席の真後ろに乗り、足元にエンジン音を感じながらのんびりと道を眺めていると、トロに乗って行ったのどかな風景が蘇ってくる。

トロは脱線しやすく、そのたびごとにトロ押しとじいちゃんが車体を直していた。その光景を思い出し、ふと笑みがこぼれた。

そういえば昨日、篠原が言っていた。

――石庭君、知ってる？　数年後、宇都宮駅東にＬＲＴって新時代の路面電車が通るんだよ。電車と違って軌道を走るから、大正時代に制定された「軌道法」に則っているの。それって、大谷を走っていた人車客車を規律した法律をベースにしてるんだよ！　大正から令和に軌道がつながった気がしない？――

「いつか駅から大谷にもLRTが走ったら、それこそ歴史がつながるな」

その宇都宮駅の西口周辺は浸水の復旧作業で大変らしいが、街中はいつもの雰囲気だった。今の時代の「いつも」だ。ちょっと寂れた商店街、せわしなく行きかう自動車。

二荒山神社の大鳥居の前に来ると「氷水」を思い出し、冷たいもので喉を潤したくなった。見回すと、いつぞやの「喫茶タロウ」が視界に入る。ここにしよう。

席に座ってメニューを見ると、かき氷には「今シーズン終了しました」と書いてあった。

ふと、壁に貼ってある紙に気づいた。地元紙の切り抜きだ。

二〇一一年九月二日付けの、小さな囲み記事だった。「喫茶タロウ」の店主さんが被災地に行って、ボランティアでかき氷をふるまったという記事だ。

――僕の祖父は大正時代、東京で関東大震災に遭い、避難列車で宇都宮に命からがら逃げてきました。宇都宮駅の炊き出しで食べた、かき氷が本当においしかったそうです。あれに体も心も救われたと、生涯言っていました。その話を聴いて育った僕はかき氷をメニューに入れたのです。今度は、僕が祖父の恩を返す番です――

駅の炊き出しのかき氷？　もしや、バンバの仲見世のサッちゃんか。

オーダーを取りに来た四十代前半とおぼしき店主が、恥ずかしそうに笑った。

「すみません、自分の記事なんて貼っちゃって」

「いや、あの……いい話ですね。参考までに、どんなかき氷か、おじいさん言ってましたか」

「梅味だそうですよ。それを聞いたんで、僕もこの店で梅シロップのかき氷を出しているんです。でも、生前の祖父に食べさせても『これじゃねえ！　甘じょっぱいんだ、あれは』と文句ばっかりでした。ははは」

「そ、そうですよ。あれは甘露梅の漬け汁だから！」

「え？」

　怪訝な顔をしている。俺は慌てて手を振った。

「い、いえ。なんでもないです。俺のじいちゃんも昔飲んだ冷やしコーヒーが大好きで、俺が買ってやっても『これじゃねえ！』って文句たれて、どこも同じですね。ははは……で、オーダーですね。あの、ミルクセーキって……ありますか」

「残念ながら……。でも、材料があるから作れますよ。お飲みになりますか」

「は、はい！」

　カウンターの向こうにあるキッチンを、じっと眺めた。店主はシェイカーに卵の黄身、砂糖、牛乳を入れて小気味よく振り、氷を入れたグラスに注ぎ入れた。

「お待たせしました、ミルクセーキです」

そうか、やっぱり今の時代はこれだよな。

ストローで定番の味を飲みながら、窓から見える二荒山神社界隈《かいわい》を眺めた。

あの、仲見世で飲んだミルクセーキ。大好物だと語る菅野社長の笑顔は眩しかった。

確かな夢に輝く瞳。一時代を築いたその百貨店も、今はもう無い。

「喫茶タロウ」を出て歩く。バンバ通り、大通り、宮の橋、宇都宮駅。

たった一度の訪問なのに、目に焼き付いて離れない。賑やかな昔日の宇都宮——。

我に返ると、田川の氾濫の影響で駅周辺は乾燥した泥が舞い上がっていた。

コンクリート三階建ての駅舎をしばらく見上げた俺は、振り返った。目の前をすっと延びる大通りは、大谷へ——俺の居場所へとつながっている。


園田の家に行くと、アヤさん、今日も学校を休んだルナ、篠原が庭の掃除をしていた。俺は一目散に篠原に走っていった。

「おい！　俺を雇ってくれ。篠原の会社で」

「なんだって？」

目を丸くして、篠原はホウキを持ったまま茫然としている。

「言ったろ？　俺、若いころのじいちゃんに会ったんだ。輝いてたよ。大谷や、石への情熱で。バンバにも行った。仲見世の活気溢れる店主たち、百貨店を作るんだって張り切ってた菅野社長、すごく眩しかった。俺が未来の洋食メニュー作ってみせたら、みんな喜んでくれた。俺——俺も宇都宮で、大谷で何かしたい。あの時おいしかった食べ物を、世紀をつないで蘇らせたい。この土地で、この家で。今の俺なんて、コッパみたいなもんだ。でも、そのコッパから草や木が生えていくんだ。緑になるんだよ！」

「……」

信じられない、といった表情が俺を囲む。そりゃそうだろう。言った俺が信じられないんだから。

ルナが、ニヤニヤした顔で俺を見る。

「おじさん、カッコいいじゃん」

「うるさい」

「石庭君が望むなら、もちろん！」

そう言って、篠原は俺に向かって敬礼した。

「気が変わらぬうちに、作戦を練ろうではないか！」

「いや、もうやりたいことはある。石庭の家を直して、カフェにするんだ。広いから、お客さんはいっぱい入れるよな。調理は百年厨房でアヤさんにお願いして、俺もがんばって手伝う。料理は、大谷ならではの魅力を盛り込むんだ」

「う、うん」

篠原は、さらに信じられないといった顔だ。

「でも、今の状態があれじゃ……」

「任せろ！　こうしちゃいられない、さっそく掃除する。まずは……」

俺は百年厨房に走っていった。扉は閉められ、鍵がかかっている。

「若旦那様、鍵はこちらに」

息を弾ませ、アヤさんが鍵を持ってきた。

そういや、彼女に訊きたいことがあった。俺がタイムスリップして戻ってきた時から、ずっと気になっていたことだ。

「アヤさん。あなたがタイムスリップしてきた時——屋敷神の祠の階段から落ちた時、何を考えましたか」

鍵を持ったまま何度か瞬きしたアヤさんは、満面の笑みを浮かべた。

「ここで死ぬなんて冗談じゃない、私は何があろうと作家になって世に出るんだ。です」

「なるほどな」

「若旦那様は？」

「大谷で、みんなで一緒に新しい人生を歩むんだ！」

アヤさんから鍵を受け取り、解錠して勢いよく戸を開ける。

——これぞ百年厨房の　そして　お前の人生の鍵なり——

「じいちゃん？」

あの懐かしい声が、蔵の中から聞こえてきた気がした。

エピローグ

七か月後の、二〇二〇年五月二日。

ついにカフェ「百年厨房」の開店日を迎えた。こんなに早く改築費用が集まったのは、ひとえにアヤさんと篠原の力だ。二人がSNSを駆使してクラウドファンディングへの支援を呼びかけたら、文字通り日本中から寄付が集まったのだ。

しかし、店内――石庭家の母屋にいるのは俺、篠原、ルナ、アヤさんだけだった。なぜなら、コロナ禍で栃木県内に緊急事態宣言が発令されてしまったからだ。カフェもしばらく正式営業は見合わせるが、お祝いすべきことはちゃんとしようという話になった。

メインルームとなる大座敷の床には大谷石の貼り石を使い、アンティークなテーブルが五卓ある。そのうちの一卓に、今日だけ遺影――じいちゃんと両親と真奈、そしてヨシエ婆の——を置いた。

「お披露目しますわ。これが看板メニュー、『大谷べぇきゃっぷる』です」

カフェーの女給の格好をしたアヤさんが、黒い益子焼の皿を俺たちのテーブルに並べる。

「ただの焼きりんごじゃないんだ」

初めて見た俺は、妙に興奮してしまった。

りんごは十字に切り目が入り、花のように開いている。そこに載せられたアイスは、焼きりんごの熱で溶けかかり、なんとも煽情《せんじょう》的だ。

「あれ？　俺と篠原のアイス、違うんじゃね？」

アヤさんは、クスクス笑った。

「ええ、アイスは選べますのよ。若旦那様の方が、干し柿アイス。おルナ様のために植えた『みょうたん』と、園田家の『蜂屋柿』を使ってますの。ゆかりん様の方が柚子アイス。若旦那様のために植えられた柚子ですわ」

さっそく、両方味見した。柚子アイスの方は、焼きりんごの濃厚な甘みを緩和するようなさっぱり加減、干し柿アイスの方は、焼きりんごの甘味との和音が楽しめた。

「なるほど、『大谷べぇきゃっぷる』か」

「りんごは近くの古賀志《こがし》町で採れたものだし、焼くのは大谷石でできた特注の専用窯だもんね！　遠赤外線効果でじっくり焼けるから、ほっこりとろとろだよ。地元要素満載だね。ヨシエちゃん、驚いて腰抜かしちゃうかも」

篠原はヨシエ婆の遺影を振り返った。遺影の前には「大谷べぇきゃっぷる」が供えられている。

アヤさんは、牛乳瓶に入った飲み物を運んできた。大谷石でできたコースターに、それぞれ置く。

「こちらが石庭家の冷やしコーヒーです」

一口飲んで、ルナがくすくす笑った。

「わたし、これ飲んで育ったから、アイスコーヒーってこういう味だと思ってた。初めて外で飲んだ時、ビックリしちゃった。でも、わたしにとってはこれが……家の味だよ」

「そっか。じいちゃん、喜ぶな。ひ孫も同じものが好物で」

デザインソフトをフル稼働して自作したメニュー表を、俺は満足して読み上げた。

「自分で言うのもなんだけど、このメニュー表、最高だよな。『大正れもんミルク』の書体《フォント》作り出すの、苦労したんだぞ。モーニングメニューには『源氏飯』。夏季限定で『バンバ・ミルクセーキ』と『甘露梅の氷水』。最高だな」

ルナはジト目をしながら、自分のメニュー表の「甘露梅」の箇所を指さしている。

「甘露梅は、本体はわたしのものだからね。カフェで出していいのは、漬け汁だけだからね」

「あたしにも分けてよぉ、ルナちゃん」

篠原は大げさに泣き真似をした。

「夏季限定メニューには、チタケうどんもあるし。秋には俺のリクエストの柚煎りと、篠原推しのガレオス出汁《だし》の蕎麦！　楽しみだよな！」

アヤさんは遺影の前に冷やしコーヒーの瓶を置きながら、俺を振り返った。

「そうですわ、若旦那様。どうして携帯をこちらに置いてありますの」

じいちゃんの遺影の前には、俺の二つ折り携帯電話が飾ってある。

「今日の喜びを、天国のじいちゃんに伝えたいなと思ってさ。そりゃ、通話なんてできないけど」

スマホユーザーになってしまった俺だが、あの時の携帯電話は捨てられなかった。

もちろん、もう使えはしない。

「きゃっ」

アヤさんが携帯電話を手に取ろうとして、大谷石の床に落としてしまった。

「申し訳ありま……あら、電源が入った」

「ウソだろ！」

アヤさんの手から、携帯電話を奪うように受け取る。

慌てて操作した。写真メモリーを見ると、画像が――増えている！

「じいちゃん……なに遊んでんだよ」

肩を組む石工たち、ユキさんを始めとする笑顔の女中たち、人がいっぱいの田川、賑わうバンバの仲見世、そしてじいちゃんの自撮り画像――。輝いている。みんな、輝いていた。

「ちょっと、石庭君！　今の画像、宇都宮停車場じゃないの。見せて、見せて！」

「うわ、何すんだ」

携帯電話は宙に投げ出され、また床に落ちた。今度は、何をどうやっても電源が入らない。

「幻だったのかなぁ」

「おじさん、そろそろ準備始めなよ」

ルナが、レトロな壁掛け時計を指さしていた。もうすぐ午前十時。そうだ、今日はユーチューブの「ＡＹＡの大正チャンネル」で、十一時から生配信を行う。カフェの開店記念で俺がゲスト出演して「カフェ百年厨房のオーナー、大谷の魅力を語る」って回だ。

篠原が腕を組み、挑戦するような笑顔を向けた。

「どんだけ観てもらえるかなあ。ステイホームで在宅の人が多いとは言え」

「何言ってんだよ、出ろって言ったの、篠原だろ！」

「お手並み拝見だね」

「あ、そうだ。みんなにも観てもらわなきゃな。せっかく俺がW-iFi整備したんだから」

タブレット端末の電源を入れ、チャンネルを表示させて遺影から見えるよう、テーブルに置いた。タブレットの隣では、大谷石の一輪挿しから伸びる緑の観葉植物が、五月の風にそよいでいる。

ヤマの登り口で、ルナがWEBカメラを構えている。俺は緊張に震えた。化粧がさっきよりちょっと派手になったアヤさんが、心配そうに俺を見る。

「若旦那様、始めますよ。よろしいですか？」

「お、おう」

ルナにカメラを向けられると、アヤさんは一転、華やかな笑みを浮かべた。

「みなさん、こんにちは。AYAです。クラウドファンディングへのご協力、ありがとうございました！　おかげさまで、無事に今日の開店を迎えることができました。でも残念ながらコロナ禍の真っただ中。みなさんに、来ていただくことができません。

そこで今回は、カフェ『百年厨房』の建物の持ち主、石庭大輔にこの場所の魅力をみなさんにライブで紹介してもらいます！　どうぞ」

カメラが俺を向いた。

「は、はじめまして。石庭です。今日は、俺……私が、大谷の魅力を語りたいと思います」

声が震える。俺は、カメラに背を向けて登山道を登り始めた。ぴったりくっつくようにルナが追いかけてくる。

「ここはかつて採石をしていた山で、我が家の裏山でもあります。子どもの時は『怪獣』に見えました。こんもりしてるし、大谷石の地面はゴジラの肌みたいにザラザラしてるし」

途中で立ち止まり、カメラを振り返った。

「実は、ここの採掘坑跡に水が溜まってまして、秘密の湖みたいになっているんです。クラウドファンディングのリターンで『秘湖の神殿ツアー』がありますんで、お楽しみに」

篠原が、フッと笑い俺を見た。

──自分だけの場所じゃなかったの？　いいの？　他人が入り込んでも──

クラファンの企画を練っていた時、俺がリターンの提案をしたら、ポロリと落ちるんじゃないかと思うくらい目を開いて篠原はそう叫んだ。

いい。もう、いいんだ。俺は呪縛から解放されて、新しい世界を切り開いていくんだから。

「若旦那様……」

いけね。思い出していたら無言になってしまった。

「ひ、東日本大震災の影響で山頂が崩れまして、少し低くなってしまいましたが、眺望は良好です。みなさんに、お目にかけますね」

山頂で俺に並んだルナが、カメラをパンした。視聴者には、石山のパノラマが見えているはずだ。ここで壮大なクラシックでもBGMに流れればピッタリなのだが、チャッキンコーン、チャッキンコーンと篠原が調子っぱずれの「石山の歌」を披露している。

♪おれも今に
　若衆になったらば
　一日三十本も
　切ってやかんなよ
　　チャッキンコーン

チャッキンコーン♪

「おい、俺がしゃべってんだ。静かにしろよ」

「何言ってんの。新しい船出の今日こそ、この四番でしょ。それにあたしが出なきゃ女子の視聴者は観てくれないよ」

そこは反論できない。気を取り直して、カメラに向かった。

「子どものころは、大谷は石ばっかりでつまらないとしか思えなかったです。でも、私を連れてここを登ったじいちゃんは、大人になったら良さが分かると……」

思い出した。俺が、秘湖にそっと沈めた短冊の願いごとだ。それは——。

——いつか、怪獣を越えて行けますように——

特別収録

大正の「冷やしコーヒー」令和版

（10人分／牛乳瓶10本分）

材　料

① 深煎りモカ（エチオピア産） 粗挽き………. 100g
② 卵の殻…………………………… 30カケラ（卵3個分）
※殻は洗わない（殻についている白身が多すぎると、ろ過時に詰まりやすい）
③ 水…………………………………………… 300cc
④ 沸騰した湯……………………………… 1800cc
⑤ 氷水………………………………………… 200cc
⑥ 砂糖…………………………………………… 60g
⑦ 牛乳………………………………………… 500cc
⑧ 食用レモンオイル………………………………適量

作り方

▶ 材料①〜③を鍋に入れ、殻を潰し混ぜながら沸騰させる。
ペースト状になったら弱火で3分間練る。火が強いとすぐ焦げるので注意。
▶ ④を入れ、混ぜながら弱火で2分間煮出す。
▶ ⑤を入れ静置し、固形物を沈殿させる。
▶ 上澄みをネルを用い、ろ過する（いわゆるデカンテーション）。
※粉・沈殿物も、ろ過しようとするとすぐに詰まるので注意。
※さらし生地でも良い。ペーパーは詰まりやすいので注意。
※最後は軽く絞って濾す。絞りすぎるとエグくなるので注意。
▶ ろ液が1500ccほど取れるので、それに、⑥と⑦を加えて攪拌する。
▶ 清潔な牛乳瓶に充填し、コルク栓で封をし、冷蔵庫でよく冷やす。
▶ 飲む直前に⑧を一滴垂らす。

レシピ提供　自家焙煎真岡珈琲ソワカフェ（栃木県真岡市）　蒲谷英和 様

※この再現レシピは、2023年5月28日と同年10月22日に真岡市立二宮図書館（栃木県）で開催されたイベント「珈琲と本と図書館」で使用されたものです。

注意：
（1）食品衛生上、牛乳は使用する直前に開封しコーヒー液及び砂糖と混合してください。作り置きせず、当日飲みきるようにしてください。
（2）店でコーヒーとして提供する場合には、調理工程に卵が含まれていることを説明に入れることを推奨します。
（3）殻を使用する卵は、パッキングの際に洗浄・殺菌処理がされている市販の物を使用し、充分加熱してください。

引用・参考文献一覧

弦齊夫人の料理談（村井多嘉子／実業之日本社／明治40〜43年）
ふるさとの味おふくろの味（栃木県地域婦人連絡協議会、栃木県農協婦人部協議会、栃木県生活改善クラブ協議会、栃木県料理学校協会 編／栃木県農業者懇談会／昭和52年）
果物の用ひ方と料理法（園田隼二／アルス／大正14年）
飯百珍料理：家庭応用（赤堀峯吉、赤堀菊子／朝香屋書店／大正2年）
各地特殊料理百珍（山沢俊夫 編／大日本女学会／明治41年）
おいしく出来る家庭漬物の仕方（八百繁主人／善文社／大正11年）
手軽でうまい和洋料理十二ケ月（服部七郎／金子出版部／大正11年）
手軽に出来る家庭西洋料理（桜井ちか子／実業之日本社／大正5年）
実験夏期飲料製法（上田孝吉 編／丸山舎書籍部／明治44年）
家庭実用料理：衛生経済（稲垣美津／明治出版社／大正6年）
三百六十五日毎日のお惣菜（桜井ちか子／政教社／大正6年）
栃木のおいしいきのこ（栃木県きのこ同好会／下野新聞社／平成7年）
馬場町ものがたり（宇都宮市馬場町々会誌発行委員会 編／宇都宮市馬場町々会／昭和56年）
宇都宮の民家と屋並（宇都宮市教育委員会 編／宇都宮市教育委員会社会教育課／昭和54年）
下野の食べ物と着物（柏村祐司、金井忠夫、三上亮順／下野新聞社／昭和60年）

しもつけのくらしとすまい（柏村祐司／下野新聞社／昭和56年）
栃木県民俗事典（下野民俗研究会 執筆・編／下野新聞社／平成2年）
生きている民俗探訪 栃木（尾島利雄／第一法規出版／昭和50年）
関東の歳時習俗（池田秀夫、日向野徳久／明玄書房／昭和50年）
栃木県の年中行事（尾島利雄、山中清次／第一法規出版／昭和54年）
婦人記者 化け込みお目み江まわり（中平文子／須原啓興社／大正5年）
吉原夜話〈新装版〉（宮内好太朗 編、喜熨斗古登子 述／青蛙房／平成24年）
宇都宮市史　第七巻　近・現代編1（宇都宮市史編さん委員会 編／宇都宮市／昭和55年）
益子町史　第五巻　窯業編（益子町史編さん委員会 編／益子町／平成元年）
カラー　日本のやきもの15　益子（濱田庄司、塚田泰三郎／淡交社／昭和50年）
にっぽん台所文化史〈増補〉（小菅桂子／雄山閣／平成10年）
台所の一〇〇年（日本生活学会 編／ドメス出版／平成11年）
宇都宮駅一〇〇年史（弘済出版社 編／日本国有鉄道宇都宮駅／昭和60年）
電話一〇〇年小史（日本電信電話株式会社広報部 編／日本電信電話／平成2年）
電信読本（小館軍一／鳳生社／大正15年）
宇都宮郵便局一一五年の歩み（宇都宮郵便局 編／宇都宮郵便局／昭和62年）
停車場界隈（坂本二郎／随想舎／平成6年）
栃木県鉄道史話（大町雅美／落合書店／昭和56年）

下野新聞社史（下野新聞社史編さん室 編／下野新聞社／平成16年）
『下野』世相一〇〇年（下野世相一〇〇年刊行委員会／下野新聞社／昭和59年）
陽西今昔物語（宇都宮市西公民館ふるさと研究講座 編／宇都宮市西公民館／平成2年）
写真でつづる宇都宮百年（宇都宮市制一〇〇周年記念事業実行委員会／平成8年）
大谷石むかし話（大野登士／地芳社／昭和55年）
石山うもれ話（大野登士／地芳社／昭和63年）
石と山（渡邊宏之／屏風岩／昭和63年）
大谷石をめぐる連続美術講座　大谷石の来し方と行方（橋本優子 編／宇都宮美術館／平成27年）
大谷学講座（宇都宮市教育委員会、城山地区市民センター 編／宇都宮市教育委員会／平成18年）
大正ロマン着物女子服装帖 ポニア式コーディネート術（大野らふ／河出書房新社／平成20年）
鍵のかたち・錠のふしぎ（ＩＮＡＸ出版／平成2年）
世界の鍵と錠（里文出版／平成13年）
青森県立郷土館研究紀要　第44号「青森県における製氷と氷雪利用」（増田公寧／令和2年）
宇都宮70年の天気ごよみ（気象協会宇都宮支部 編／気象協会宇都宮支部／昭和52年）
馬頭町文化財誌　第三集（馬頭町文化財調査委員会 編／馬頭町／昭和52年）
とちぎサロン　第一集（栃木新聞社編集局 編／栃木新聞社／昭和41年）

謝辞

本書の執筆にあたりましては、故 小野口順久様、カネホン採石場 神宮夕起様、大谷石材協同組合様、OHYA UNDERGROUND様、栃木県水産試験場様、宇都宮市魅力創造部観光MICE推進課大谷振興室様、宇都宮ライトレール株式会社様（順不同）に多大なるご協力を賜り、心よりお礼申し上げます。

作中で引用した「石山の歌」は、実在の歌です。戦後、宇都宮市立城山中央小学校の三年生（当時）と、音楽教師の杉浦すみ先生が創作され、同小学校の第三校歌として歌い継がれています。昭和三十年には同曲を題材にした教育映画が製作され、現在でもイベントの際などに上映されることがあります。楽譜や歌詞全文、映画の画像などを同小学校ホームページで閲覧することができますので、ぜひご覧ください。

本書は史実を参考にしておりますが、フィクションです。作中に登場する「ベーキャップル」、「氷水」、「ミルクセーキ」は明治・大正時代のレシピ本を参考に筆者が復元したものであり、実際のものとは異なる場合があることを申し添えます。

※この作品はフィクションであり、登場する人物・団体・事件等は、すべて架空のものです。

― 本書のプロフィール ―

本書は、二〇二二年四月に単行本として小学館より刊行された作品を加筆改稿し文庫化したものです。

小学館文庫

百年厨房《ひゃくねんちゅうぼう》

著者 村崎《むらさき》なぎこ

二〇二四年十一月十一日　初版第一刷発行

発行人　庄野 樹
発行所　株式会社 小学館
〒一〇一-八〇〇一
東京都千代田区一ツ橋二-三-一
電話　編集〇三-三二三〇-五九五九
　　　販売〇三-五二八一-三五五五
印刷所――――中央精版印刷株式会社

この文庫の詳しい内容はインターネットで24時間ご覧になれます。
小学館公式ホームページ　https://www.shogakukan.co.jp

ISBN978-4-09-407406-2